LES ROBOTS
DE XAAR

GABRIEL JAN

LES ROBOTS
DE XAAR

COLLECTION ANTICIPATION

ÉDITIONS FLEUVE NOIR
69, Bd Saint-Marcel - PARIS XIIIᵉ

© 1977, « Éditions Fleuve Noir », Paris.

ISBN 2-265-00422-7

Je dédie ce livre à tous les robots de la Terre et à tous ceux qui leur ressemblent.

G. J.

PREMIÈRE PARTIE

NAAL HAMA

CHAPITRE PREMIER

Deux jours...

J'ai deux jours pour trouver une appartenance. Et quel que soit le groupement, je ne m'y refléterai pas. J'ai fait ma petite expérience là-dessus. Les Bleus ne valent pas mieux que les Jaunes... Au fond, ils se ressemblent comme des frères.

Comme des frères ! Quelle ânerie ! Ici, à Xaar, il n'y a pas de fraternité. Cela n'existe pas. On a des intérêts communs, voilà tout.

Les Bleus, disais-je, ne valent pas mieux que les Jaunes. Ils sont aussi fous, aussi bornés, et tellement pleins de suffisance ! Ils portent des œillères. Les Jaunes n'admettent pas que les Bleus puissent avoir raison sur tel ou tel point ; et les Bleus sont tellement persuadés de détenir la vérité qu'ils n'autorisent personne à penser différemment. Point de tolérance, à Xaar !

En ce qui me concerne, j'ai eu le malheur de supposer (à voix haute) que les Jaunes et les Noirs pouvaient, eux aussi, se servir de leur intelligence. Je souhaitais qu'un jour on trouve un terrain d'entente, chacun voulant bien considérer le point de vue de chacun ; l'un tolérant l'idée différente de l'autre, à condition, bien entendu, que cette idée ne soit pas destructrice.

Foudres du ciel ! Les Bleus m'auraient assassiné sur place s'ils n'avaient craint les représailles des Ougouls. A Xaar, nul n'a le droit de tuer. Et personne ne tue. D'ailleurs, les Ougouls, les gardes, sont chargés de veiller à cela. Ils ont aussi d'autres charges, fort nombreuses. Ce sont des soldats. Ils pensent comme des soldats.

Voilà. C'est aussi simple que cela.

Enfin, quand je dis « simple », c'est une façon de parler. Car ici, rien n'est simple. Au contraire, on dirait qu'on recherche la complication, par plaisir ou par caprice maladif. On parle d'idéal en phrases creuses, on débite des mots appris par cœur, on cherche à endoctriner par tous les moyens possibles...

Mais ce qui m'arrive n'est pas nouveau. J'ai déjà eu une déception de ce genre lorsque j'étais chez les Jaunes. On m'a chassé, à cause de mes idées, à cause de ma tolérance. On m'a chassé parce que j'étais Jaune et que je devais penser jaune ! C'est-à-dire ville jaune, habits jaunes, idées jaunes. JAUNE. JAUNE. JAUNE !

Point. Trait.

Il n'y a pas à sortir de là. On a des œillères ou on n'en a pas !

Chez les Bleus, c'est exactement pareil. Enfin... c'était, car depuis une heure, je suis banni. La ville bleue m'est interdite, comme la jaune, d'ailleurs... Et je n'ai pas une envie folle de me retrouver au fond d'un sombre cachot. Pour commencer, j'ai horreur de l'humidité. Et je me suis laissé dire que les geôles en étaient pleines. La prison, puis le conditionnement, l'esclavage, le travail obligatoire... et gratuit, aucun droit au repos, distractions interdites. Non, décidément, trop peu pour moi...

Et cette divinité idiote à laquelle tout le monde croit ! On adore un cube de métal qui symbolise je ne sais quoi ! Naturellement, tout le monde a chez soi ce petit cube devant lequel on se prosterne, devant lequel on récite des prières. Et selon la couleur à laquelle on appartient, on donne au cube une note personnelle. Chez les Jaunes, par exemple, on ne trouvera jamais un cube bleu. Une telle chose serait un véritable sacrilège.

Je cite ce cube, oui... Mais les imbécillités de ce genre foisonnent à Xaar, et cela est valable dans tous les domaines. Par exemple, on en est venu à un tel point de précision qu'on ne posera jamais un objet à un seul centimètre à côté de l'endroit où il a normalement sa place. Pas plus qu'on ne mangera trop tôt ou trop tard. L'homme qui désire un enfant se rend dans une maison spécialisée, fixe son choix sur la future mère et couche avec elle. Tour à tour, les femmes sont de permanence dans ces maisons. J'ignore comment c'est chez les Noirs, mais en tout cas, c'est ainsi que cela se passe chez les Bleus et chez les Jaunes. Tout est réglé, minuté, ordonné, pour tout et en tout.

Mais passons...

« Bleu tu es, Bleu tu seras, et bleu tu penseras ! » C'est ce qu'on m'a dit lorsque je suis arrivé chez ceux qui aujourd'hui me chassent.

Oui mais...

Il y a les bleus pâles, des bleu-vert, des bleus foncés ! Et ce n'est pas parce qu'on est Bleu que l'on ne doit pas aimer le jaune ou le noir... Ce n'est pas parce que l'on est Bleu qu'on doit ne voir que... du bleu !

Je n'ai pas d'œillères. Du moins, je le crois. C'est

sans doute pour cela qu'il est dur de me comprendre. C'est tellement difficile d'être juste !

Ils m'ont chassé !

C'est qu'ils doivent être embêtés, maintenant, les Jaunes et les Bleus ! Ils ne peuvent plus me coller d'étiquette !... Car c'est aussi une manie, à Xaar, de coller des étiquettes ! Non seulement on veut savoir ce que vous pensez, mais on va jusqu'à interpréter vos paroles, les déformant au besoin pour vous faire dire ce que vous ne pensez pas. Ridicule, n'est-ce pas ? Pourtant, cela est.

Hélas !

Et je ne parle pas des sottes compétitions qui existent à l'intérieur de chaque couleur ! Je ne parle pas non plus des jalousies, des envies à crever, c'est tellement lamentable !... Et que dire des philosophies destructrices, des philosophies de carton ou de papier mâché qui étranglent les idéologies ; des philosophies qui, si elles étaient mises en pratiques, répandraient un vrai régime de terreur !

Interdites, les suppositions !

Condamnée, l'imagination !

A mort, le rêve !

Parce que celui qui est juste et bon, celui qui cherche à s'évader du ghetto au lieu de s'y laisser enfermer est un traître à la communauté ! A ce traître, on donne des noms orduriers qui reflètent souvent l'âme de ceux qui les prononcent.

Ce fut mon cas. J'étais un traître ! On m'a insulté. J'étais tantôt « nazia » ou « réaque » ou « narchiste »... Ces mots n'ont pas beaucoup de signification pour moi. Cependant, ils font partie du vocabulaire invariable des Bleus ou des Jaunes : ceux que j'appelle « les englobés ».

Je souris...

J'ai l'impression d'être libre...

Pour le moment, je n'appartiens plus ! Et je n'ai même plus envie d'appartenir, du moins tant que je ne sentirai pas un grand courant de fraternité.

Appartenir !

Merde pour l'étiquette ! On me collera celle qu'on voudra. Je n'en ai que faire. De toute façon, comme on ne dira que des âneries, j'aurai ma conscience pour moi... Le seul ennui sera que des imbéciles croiront les colleurs d'étiquettes... Des gens trompés accorderont foi aux propos débiles des loups analphabètes...

« Si tu fais partie de ceci ou de cela, tu es un Bleu ! »

« Non ! Il a dit cela... C'est un Jaune ! »

« Un Bleu ! »

« Un Jaune ! »

(Merde !)

Je me demande si c'était comme cela dans les Temps Anciens... Mais non ! Je suis sûr que non ! Une telle bêtise ne pouvait exister, sinon cela se saurait !... Je suis persuadé que tous les hommes s'aimaient et vivaient en bonne intelligence. Ah ! Comme j'aurais aimé connaître cette Terre Ancienne ! Comme les hommes devaient être gentils !

Parce qu'il faut les voir, à présent ! Quand ils ne songent pas à leur couleur, ils passent leur temps à s'injurier, à se nuire. Ils donnent libre cours à leur bassesse, à leur méchanceté ; se complaisent dans les erreurs les plus monumentales !

Ah ! Si les Temps Anciens pouvaient revenir ! Quelle belle et paisible vie nous mènerions ! Sans doute n'y aurait-il plus d'argent, cet argent pourri qui peut tout et qui est la cause de bien des crimes... Les Hommes du Passé avaient bien de la chance !

Notez que je dis cela sans en avoir l'absolue certitude. J'ignore tout du Passé. Je me plais seulement à l'imaginer comme une époque idéale où tous les gens étaient heureux et vivaient l'un pour l'autre, chacun commençant d'abord par respecter la personne d'autrui afin qu'il y ait réciprocité...

Hum ! Heureusement pour moi, personne n'est capable de surprendre mes réflexions, sans quoi « quelqu'un de très bien » pourrait avertir les Ougouls. On me demanderait ma carte, et...

Je préfère ne pas songer à cela.

Encore que, puisque je ne possède pas de carte mais que je bénéficie d'un délai de quarante-huit heures, on me jugerait irresponsable ! Oui. La Loi est ainsi faite. Pendant ces deux jours, tout ce que je dirai ne comptera pas. Ce que je ferai non plus, à condition que je ne joue pas un rôle criminel ou subversif.

Ir-res-pon-sa-ble ! C'est bien commode d'être irresponsable !

N'empêche. Il y a tout de même un risque si je me fais remarquer. Les Ougouls m'emmèneront et m'enfermeront pour quelques heures, histoire de me calmer et de vérifier que je suis bien irresponsable. Perte de temps pour moi. Risque de n'avoir pas de carte à fournir le moment venu. Il vaut mieux que je me tienne tranquille. C'est la meilleure formule.

Conséquence : je vais chez les Noirs.

Pas le choix.

Nous verrons bien. Les Noirs seront peut-être moins bêtes que les Jaunes ou les Bleus. Qui sait ?

***

Une porte...

Une simple porte percée dans l'épais mur de pierre qui sépare la ville des Bleus et la ville des Noirs. Une porte toute semblable à celle que j'ai vue en passant des Jaunes chez les Bleus.

Immédiatement, je remarque un contraste saisissant. La ville des Noirs n'est pas telle que je l'avais imaginée (j'ai à peine eu le temps de vivre chez les Jaunes et chez les Bleus ; je n'ai donc pas visité, comme j'en avais le droit, le secteur des Noirs). Chez les Jaunes et chez les Bleus, tout était ordonné, soigneusement entretenu. Les rues étaient propres, et les maisons bien peintes. Ici, c'est un peu le chaos. Les demeures se serrent, s'entassent les unes à côté des autres. Elles sont petites pour la plupart, ridicules avec leurs toits pointus, leurs poutres apparentes, leurs balcons branlants. Pas de couleur uniforme, si ce n'est le gris dominant de la pierre.

Des rues étroites...

J'en choisis une. Celle qui se trouve juste devant moi. Une ruelle pavée dans laquelle je m'engage. Des odeurs de cuisine se mêlent à celles, infiniment moins agréables, des ruisseaux. Voilà un quartier qui n'est pas bien gai.

Pas grand monde...

Personne, devrais-je dire.

Il est vrai qu'il pleut et qu'il fera bientôt nuit. Partout des lumières jaunâtres et tremblantes. On allume les chandelles, on se calfeutre. Chacun chez soi. Les ruelles paraissent plus sombres, peu engageantes. De temps en temps, je croise une silhouette furtive. Homme ou femme ? Je ne sais. En tout cas, on semble ne pas me remarquer... Pourtant, je ne passe pas inaperçu ! Je suis nu. Tout nu. Car, naturellement, je n'ai pas pu emporter mon bel habit bleu. Interdit ! Le

2

bleu, c'est pour les Bleus !... Qu'ils aillent au diable, avec leurs principes !

Je continue d'avancer, cherchant je ne sais quoi, essayant de me faire à l'idée que c'est dans cette partie de Xaar que je vivrai désormais. La ville noire... Un quartier que je ne connaissais pas et dont la découverte m'ébranle quelque peu.

Il est vrai que j'ai beaucoup à apprendre... ou plutôt à rapprendre puisque j'ignore à peu près tout de mon passé. Je suis amnésique, mais pas totalement. Je connais la langue locale, la signification des mots ; je connais également des choses d'ordre général, je dispose d'une certaine culture... Entendez par là que je sais lire et écrire bien que je ne me souvienne d'aucune de mes lectures. Quoi qu'il en soit, j'ignore tout de ce qui me concerne directement. Je ne me rappelle pas mon passé ou ce qui est lié à mon passé. J'ai beau multiplier mes efforts de pensée, rien n'y fait. Allez donc savoir pourquoi ! Cela, à proprement parler, ne constitue pas une véritable gêne. Je me moque un peu de savoir qui j'étais. Je me trouve bien dans ma peau, fier de ne pas ressembler à ces Jaunes ou à ces Bleus conditionnés ! Si parfois je me livre à des exercices mentaux, c'est plus par jeu que par désir de découvrir ma personnalité...

Pas un galac !

Cela signifie que je vais devoir mendier si je veux manger. Les Bleus m'ont pris tout ce que je possédais. Habits et argent. Les Jaunes avaient fait de même.

Je me rends compte que ma condition, sans être désespérée, est des plus précaires. La ville noire est pauvre...

Ah ! S'il pouvait cesser de pleuvoir ! J'ai les cheveux

trempés et tout mon corps ruisselle. Je commence à avoir froid. Sérieusement.

Et faim !

Mon estomac réclame sa pitance... Et il y a parfois de délicieuses odeurs de rôti qui me chatouillent les narines. Un vrai supplice ! Avoir faim !... J'ai soif, aussi, mais cela est secondaire, donc supportable.

J'erre. Nu. Sans rien. Les mains vides.

Froid...

Je ne demande pas grand-chose : rien qu'un petit morceau de pain pour calmer mes crampes d'estomac.

Mais où le trouver, ce morceau de pain ?

Au passage, je remarque un chien. Il s'avance vers moi, me flaire, me regarde. Il me fait pitié. Il est maigre, et doit, comme moi, chercher quelque nourriture.

Pauvre bête !

Je m'agenouille, le caresse. Il se laisse faire. Sans doute n'a-t-il pas souvent l'occasion de rencontrer quelqu'un qui lui témoigne de l'amitié ?...

J'aime beaucoup les animaux, quels qu'ils soient, car ils n'ont pas dans le cœur cette méchanceté humaine. Je les aime parce qu'ils sont francs : vous leur plaisez ou vous ne leur plaisez pas. Je les aime encore parce qu'ils ne possèdent pas cette intelligence dont l'homme est si fier et dont il se sert si mal !.

Pauvre chien...

Il est trempé, comme moi. Sans doute un vagabond qui se contente de reliefs de repas, de quelque ordure encore bonne pour lui ?

Il frémit sous mes caresses. Nous nous comprenons. Comme quoi le langage est parfois bien inutile.

Je me relève. Le chien part, disparaît dans la pénombre d'une ruelle qui coupe celle où je suis. Un moment, je fixe l'endroit où le noir l'a absorbé, mais il s'est enfoncé dans la nuit et il ne revient pas.

Je ne pouvais rien lui donner, puisque je ne possède rien.

Si... Un peu d'amour, peut-être. Cet amour qui manque tant à Xaar ! De l'amour !... C'est peu pour remplir un estomac, mais c'est beaucoup quand on est malheureux... Pardon, chien. Pardon de n'avoir rien à te donner...

Adieu.

Je patauge dans les flaques d'eau, glisse sur le pavé luisant.

Comment me recevra-t-on dans ce quartier ?

Et si je frappais à une porte quelconque ? Ne me donnerait-on pas un morceau de pain si je le demandais ?

J'hésite. Je n'ose pas. Si les Noirs sont comme les Jaunes ou les Bleus, on me chassera à coups de bâton. D'autre part, je tiens à m'intégrer d'une manière aussi discrète que...

Discrète ?

Comme si c'était faisable ! Tout le monde va remarquer ma nudité. On va me poser des tas de questions ! On voudra connaître mon nom, savoir d'où je viens, ce que je faisais avant de pénétrer dans la ville noire. On me demandera de raconter mon passé, et comme je ne pourrai pas répondre à certaines questions, je deviendrai immédiatement suspect ! D'où la nécessité de m'effacer, de ne provoquer personne. Ce qui n'est pas facile dans un tel monde...

Xaar est une vaste cité. C'est d'ailleurs — à ma connaissance — l'unique cité de la Terre. Une ville, et rien qu'une. C'est LA Cité, avec ses énormes murailles qui servent à protéger les habitants...

Les protéger de quoi, au fait ?

Encore une chose qui m'échappe. Une chose en dehors de toute logique. A quoi bon se tenir derrière d'épaisses murailles lorsqu'il n'y a pas d'ennemis ?

Mais puis-je affirmer qu'il n'y a pas d'ennemis ?

En tout cas, les murailles existent. Un jour, je saurai peut-être à quoi elles servent. Comme ces châteaux forts que des esclaves construisent en dehors de nos murs ! Des châteaux que personne n'habitera jamais...

Je poursuis mon chemin, traînant le pas. La pluie tombe toujours, et j'ai de plus en plus froid. Les ruelles obscures sont maintenant totalement désertes, et il y a moins de lumière derrière les volets. Quelques rais timides se faufilent dans les interstices, mais ce n'est guère suffisant pour faire reculer l'ombre.

Quelque part, une porte grince. Il y a des mots étouffés, et c'est de nouveau la nuit feutrée. Une nuit perturbée par le crépitement de la pluie, par l'écoulement de l'eau fangeuse des ruisseaux.

Triste décor.

Les gens ?... Que font-ils, à cette heure ? Veillent-ils dans le noir, près du feu de bois ? Jouissent-ils de la bonne chaleur ou bien sont-ils assis devant une table garnie de mets appétissants ?

Tiens !... J'aperçois là-bas une lumière. Cela forme comme un œil dans la nuit. C'est pour moi une sorte de lieu vivant au sein d'un décor de mauvais rêve, une évocation de la chaleur bienfaisante qui doit régner à l'intérieur de la maison.

Je presse le pas. A quelques mètres, une tache claire sur le pavé mouillé. La lumière se reflète, semble vivre. J'en suis presque heureux.

Je m'approche prudemment. Les volets ne sont pas fermés.

Je colle mon front à la vitre...

Il y a beaucoup de monde là-dedans. On boit, on mange, on rit... Des filles échevelées, aux robes retroussées jusqu'en haut des cuisses sont assises sur les genoux des hommes. D'autres, le corsage déboutonné, abandonnent aux mains fébriles leurs seins aux pointes dressées.

Tous ces gens, pauvrement vêtus, paraissent joyeux.

Et si j'entrais dans cette taverne ?

Je recule, retourne dans la pénombre. Entrer, oui... Me mêler à ces hommes et à ces femmes qui n'ont rien de commun avec les Jaunes ou les Bleus. Participer à la joie générale...

C'est tentant.

Rapidement, je regarde autour de moi, scrute la nuit. Non. Décidément, je n'ai pas envie de continuer à errer dans les ruelles avec le froid et la faim pour compagnons.

De nouveau, je m'approche de la fenêtre, lorgne les gens qui mangent, mordant à belles dents dans une cuisse de poulet ou taillant allégrement dans un rôti, buvant du vin, caressant les filles. Mes yeux vont d'une table à l'autre. J'étudie les visages, les allures, remarque les épées qui pendent au côté gauche de certains hommes.

Manger...

Bien sûr ! Mais comment faire ? Je n'ai pas un seul galac ! Pas la moindre piécette ! Rien. Je suis démuni de tout.

On aura peut-être pitié de moi ? En me voyant ainsi, nu comme un ver, on m'accueillera...

J'espère...

Tout à coup, je me décide. J'inspire fortement et je pousse la porte...

CHAPITRE II

Lorsque Naal Hama apparut sur le seuil de la porte, le silence se fit. Tous les présents levèrent la tête, y compris ceux qui mangeaient. Ces derniers avaient soudain les mâchoires figées, un morceau de viande déformant l'une de leurs joues.

Le ménestrel se tut, prit appui sur son instrument, considéra le nouveau venu avec une certaine dose d'étonnement. Il le vit refermer la porte derrière lui, faire un pas, puis un second.

On parla à voix basse.

On s'interrogeait à propos de l'inconnu.

Naal se sentait mal à l'aise. Il subissait l'assaut des regards, était devenu un pôle d'attraction, un objet de curiosité. Il était nu, ruisselant d'eau de pluie, tremblant, essayant de lire une expression de pitié sur ces visages tournés vers lui.

Un gros homme, petit, au crâne garni d'une couronne de longs cheveux gris, s'avança, essuyant ses mains noueuses à un tablier de toile sans couleur définie.

Naal le vit venir à lui, attendit. Ce n'était pas comme chez « les autres » mais cela, sans doute, ne valait guère mieux...

— Qui es-tu ? jeta l'homme d'une voix peu amène. On ne t'a jamais vu auparavant. Pourquoi n'es-tu pas vêtu ?

— Je viens de chez les Bleus... Ils m'ont chassé... Je m'appelle Naal Hama. Je veux...

— Pour le moment, tu n'as pas le droit de vouloir ! Pourquoi t'ont-ils chassé, les Bleus ?

Naal frissonna, jeta furtivement un coup d'œil dans la salle. Tout le monde écoutait. Il vit une femme, là-bas, qui le détaillait de la tête aux pieds.

— Je n'approuvais pas toutes leurs idées, répondit Naal.

— C'est tout ?

— C'est tout... C'est trop, cependant, pour les Bleus. Ils sont semblables aux Jaunes !... On est Bleu ou on est Jaune !

Un murmure courut de bouche en bouche, mais Naal ne comprit pas une parole. Tout était confus, étouffé.

— Pourquoi viens-tu ici ?

— Il ne me reste que cette solution !

— Tu comptes prendre place parmi nous ?

Naal ne répondit pas immédiatement. Il hésita, essuya son visage d'un geste rapide.

— Je ne sais pas encore. J'ai besoin de réfléchir... Je dispose de quelques heures pour cela.

— Certainement. Mais il faudra te décider ! Tu dois obligatoirement avoir une appartenance, tu ne l'igno-res pas... Euh ! Tu avais été chez les Jaunes ?

— Oui !

— Et qu'est-ce que tu leur reproches ?

— La même chose qu'aux Bleus ! Ils ont des œillères, refusent d'admettre un point de vue différent du leur. Ils agissent mécaniquement. Chez eux, tout est rigueur, ordre, condition. Je n'ai pas pu supporter cela très longtemps.

— Et avant ?

— Avant... quoi ?

— Avant d'être chez les Bleus ?

Naal fronça les sourcils. « Il est fou, pensa-t-il, je viens de lui dire que j'étais chez les Jaunes, et il me pose une question pareille ! »

— Réponds, Naal Hama !

Naal haussa les épaules et obéit :

— J'étais chez les Jaunes !

— Bon ! C'est bien. Tu n'as pas menti... Tu es toujours resté chez les Jaunes ?

« De mieux en mieux, pensa Naal, mais je ne vais pas le contrarier... »

— Non. Les Jaunes m'ont chassé !

— Où es-tu allé ?

— Chez les Bleus !

— Et les Bleus t'ont chassé à leur tour ?

— Oui.

— Pourquoi ?

— Je n'approuvais pas leurs idées !

— Pourquoi viens-tu ici ?

— Pas le choix !

— Tu es né chez les Jaunes ?

A cette question, Naal sursauta. Il ne pouvait y répondre ; il ignorait parfaitement son origine. Il savait seulement qu'il s'était réveillé un matin, allongé sur le pavé d'une rue, ne possédant aucun souvenir capable d'expliquer ce qu'il faisait là étendu. Son cerveau lui semblait vide. Désespérément vide.

Mentir ? Oui, il le fallait bien. Inventer une histoire, peut-être ? Espérer qu'on n'approfondirait pas trop, qu'on ne poserait pas toujours les mêmes questions afin de vérifier la valeur de ses déclarations...

— Tu es sourd ?... Je t'ai demandé si tu es né chez les Jaunes !

— Moi ? Oui... Naturellement !

— Le nom de ton père ?

— Hargar !... Hargar Hama !

— Ta mère ?

— Connais pas ! Jamais vue !

— Que faisais-tu chez les Jaunes ?

— Rien. Il me suffisait de penser jaune, d'étudier la doctrine jaune, de jouer à des jeux de la même couleur !

— Pas de travail ?

— Non.

— Tu ne sais rien faire, alors ?

— Non.

— C'était comment, chez les Bleus ?

— Pareil. Penser bleu, jouer bleu, apprendre bleu...

Quelqu'un d'un peu ivre cria :

— Et ta sœur ? Elle pense bleu ?

Naal ne prêta aucune attention à cette intervention.

— Que faisais-tu chez les Jaunes ?

— Rien !

— Le nom de ton père ?

— Hargar Hama !

— Es-tu heureux de te trouver parmi nous ?

Naal soupira, regarda une nouvelle fois autour de lui, constata qu'on ne perdait pas un mot de ses réponses. Cependant, cet interrogatoire l'agaçait. Il était idiot, cet interrogatoire !... Et pourtant, Naal devait s'y plier.

Il passa une main dans ses cheveux blonds pour dégager son front. L'eau coula dans son cou, se transforma en serpents luisants qui glissèrent sur la peau de son dos.

— Je le suis, dit Naal. Mais je le serais plus encore si l'on me donnait de quoi me vêtir et me restaurer...

Une femme s'approcha de lui, l'examina avec insistance, lui carressa les épaules.

— Pourquoi veux-tu t'habiller ? Tu es beau, bien fait... Tu me plais ainsi...

— J'ai froid, dit Naal.

— Froid ?... Je te réchaufferai si tu le désires.

— Mais j'ai surtout faim, compléta Naal.

La fille était belle. Elle avait des cheveux longs et noirs, un visage doux qui formait un contraste avec son genre. Un visage trop doux pour une fille qui devait vendre son corps au premier venu...

Son corsage, largement ouvert, dévoilait des seins superbes.

— Je ne te plais pas ?

— Si. Beaucoup. Mais comment coucherions-nous ensemble ? Cela est impossible. Premièrement, je n'ai pas de carte noire. Deuxièmement, je ne désire pas être père.

Un éclat de rire.

Tous, sans exception, riaient, se moquant ouvertement de cet homme qui devait ignorer beaucoup de choses !

— Il ne faut pas nécessairement désirer un enfant pour coucher avec une femme, dit la fille. Pas ici, en tout cas !... C'est comme ça, chez les Bleus ?

— Oui ! Et chez les Jaunes aussi !

— Reste la carte... Mais cela n'est pas grave, on va t'en procurer une. Après, tu pourras venir dans mon lit.

— Écoute, dit Naal, tu es gentille, tu es belle, mais je... j'aimerais d'abord manger.

— Pour ça, il faut demander à Ragi.

— Ragi ?

— Lui ! Le tavernier !... Mon nom est Salma.

La fille le quitta après avoir laissé courir son index sur sa peau mouillée. Elle alla rejoindre un homme qui était occupé à découper une volaille rôtie.

— Tu as de l'argent ? demanda Ragi à Naal.

— De l'argent ?... Non, bien sûr ! Tu vois bien que je ne possède rien. Je n'ai pas la moindre pièce. Les Bleus m'ont tout pris. Argent et vêtements !

— Dans ces conditions, comment espères-tu manger ?

Naal bredouilla :

— J'ai... j'ai cru que l'on me donnerait un morceau de pain et un peu d'eau. Oh ! Pas grand-chose ! Juste de quoi calmer ma faim... En échange, je me rendrai utile...

— Utile ?... Utile à quoi ? Chez les Noirs, comme chez ceux que tu as quittés, personne ne travaille... A part ceux qui, comme moi, font du commerce. Il y a aussi les artistes, ceux qui fabriquent des étoffes, ceux qui peignent, ou ceux qui font de la musique... Ceux aussi qui fabriquent des objets utiles... A part cela, tu sais bien qu'il n'y a que les esclaves qui travaillent !

— Certainement, dit Naal. Certainement...

— Et puis, reprit le tavernier, tu n'as pas de carte. Dans ces conditions, il me paraît difficile de satisfaire ta faim... Tu es entré ici et tu as déjà beaucoup reçu...

— Beaucoup reçu ?

— Oui... La chaleur des lieux...

— Certes ! Mais...

— Écoute, je veux bien faire un effort... Sais-tu chanter ?

— Chanter ?... Non.

Ragi secoua la tête, prit un air désolé, soupira.

— Tu ne pourras pas manger, dit-il. Pour toi, je ne vois qu'une solution : devenir un esclave !

Naal pâlit.

— Un esclave ? Jamais ! Plutôt mourir que subir le sort de ces malheureux !

— Hélas ! Je crains que tu n'aies plus le choix !

— Je partirai ! J'irai loin de la ville, loin de Xaar ! Je vivrai seul !

Nouvel éclat de rire.

— Tu ne tiens pas beaucoup à la vie, Naal...

— Pourquoi dis-tu ça ?

— La nature cache des pièges sans nombre. Il y a des animaux sauvages... Et tu n'as pas d'arme ! Tu n'as aucune expérience ! Loin de Xaar, tu ne résisterais pas plus d'un jour !

— Ma situation présente n'est pas plus enviable, répondit Naal.

Quelques accords vinrent troubler la conversation. Le ménestrel, assis dans son coin, grattait les cordes de son instrument. On abandonna Naal pour un temps pour se tourner vers le musicien qui, avec quelques notes, avait créé une nouvelle atmosphère. Il plaqua un autre accord et commença à chanter :

Je suis le fils du vent et celui de la pluie,
Je ne possède rien,
Ni argent ni amis,
Je ne possède rien,
Ni vêtements ni abri,
Je suis le fils du vent et celui de la pluie...

Je n'ai rien dans les mains,
Et rien dans l'estomac,
Je viens mendier mon pain
Et l'on ne m'entend pas...
Je suis le fils du vent et celui de la pluie,
Je suis celui qui court comme une ombre la nuit !

Quelques notes égrenées. Un accord final...

Le ménestrel se tut. On l'avait écouté avec un certain recueillement. Sa voix était douce, trop douce pour être véritablement celle d'un homme. Pourtant, lorsqu'elle s'alliait à la musique qui naissait sous de longs doigts fragiles, c'était comme une caresse, comme une brise tiède, comme un baume sur une plaie. C'était beau et triste ; un chant mélancolique. Un chant que le musicien avait composé avec son cœur.

Le ménestrel posa son instrument avec précaution, se leva, alla vers Ragi.

— J'ai chanté pour lui, Ragi... Donne-lui à manger.

Naal dévisagea celui qui prenait ainsi son parti. Ils se regardèrent longuement. Ils ne s'étaient jamais vus, ne s'étaient jamais parlé, et pourtant, ils se comprenaient. Naal, ému, avala péniblement sa salive. Il n'oublierait jamais... Non, jamais. Il ne parla pas, mais il sourit.

— Il n'a pas de carte, Lwil !

— J'ai chanté pour lui, Ragi ! Donne-lui un morceau de pain !

Ragi fit la grimace, parut réfléchir.

— Soit ! dit-il au bout de quelques secondes. Je veux bien lui donner un morceau de pain, mais...

— Mais... quoi, Ragi ?

— C'est ce que tu n'auras pas, toi !

— Je m'en moque ! Nous ne sommes pas inhumains

comme les Bleus ou les Jaunes, par le cube de métal !...
Cet homme a faim. Il doit manger !

Ragi s'exécuta après s'être assuré, d'un coup d'œil
discret, que personne ne trouverait à redire. Fort avec
les faibles, le Ragi...

Il prit une couronne à la belle croûte brune, la posa
sur une table branlante, puis, saisissant un couteau il
entreprit de découper un morceau de la largeur d'une
main.

Lwil prit le pain, l'offrit à Naal, mais une main plus
rapide s'empara de l'aliment au moment où Naal allait
l'accepter.

Un homme grand, large d'épaules, au menton
volontaire, regardait Naal. Ce dernier, malgré sa solide
musculature, n'était pas de taille à lutter contre ce
géant. D'ailleurs il n'était pas en condition et n'avait
nulle envie d'employer la force pour reprendre son
bien.

L'homme souriait, ironique, reniflait bruyamment
le morceau de pain, espérant secrètement que Naal
allait réagir.

Mais Naal ne bougea pas.

— Que fais-tu, Graam ? demanda Lwil. Ici, tout le
monde sait que tu es le plus fort. N'abuse pas de ton
pouvoir, laisse cet homme tranquille !

Le géant ricana, laissant voir des dents jaunes et
ébréchées. Puis, redevenu sérieux, il dit :

— Écarte-toi, Lwil.

— Laisse-le tranquille, je te dis !

Lwil était un être fluet, laid de surcroît, avec des
cheveux d'un blond filasse, des yeux de mal nourri.
Que pouvait-il faire contre Graam auprès duquel il
semblait ridicule ?

Graam se planta devant Naal.

— Ce morceau de pain est beaucoup trop gros, dit-il. Et puis, il a été un peu trop facilement gagné, tu ne crois pas ?

Naal ne desserra pas les dents.

Le géant recula de deux pas, tira un peu de mie qu'il lança aux pieds de Naal.

— Ramasse ! ordonna Graam.

Naal ne broncha pas, ne regarda même pas la boulette de pain.

— Eh bien ? Qu'est-ce que tu attends ? Ramasse, et mange !... Tu n'as pas faim ?

On riait. On riait parce que Graam-le-plus-fort riait et qu'il était de bon ton de rire lorsque Graam riait.

— Allons ! Ramasse !

Des yeux, Naal parcourut l'assistance. Sur ces visages, il ne lisait aucun sentiment de pitié. Il ne voyait que des lèvres étirées, des sourires de satisfaction, des mines amusées.

Son regard alla de groupe en groupe. C'étaient les femmes qui riaient le plus fort, lançant des plaisanteries vulgaires, tandis que des mains les tripotaient.

Une seconde, Naal crut que Salma se forçait un peu, qu'elle ne se moquait pas vraiment de lui. Mais ce n'était qu'une impression. Qui, à part le bon Lwil, pouvait éprouver pour lui quelque pitié ?

Naal regarda Graam fixement...

Puis il se baissa, ramassa le pain et, sans mot dire, le porta à sa bouche.

Le public (car c'était vraiment un public) crut bon d'applaudir.

— Bravo ! s'écria Graam. Tu es très fort !... Ce pain, je vais te le rendre... mais je veux d'abord m'amuser à tes dépens...

Il eut un rire de gorge qui anima soudain sa panse de gros porc.

Et il se tourna vers Lwil.

— Toi, le ménestrel, tu vas jouer quelque chose de gai, de vif. Tu vas mettre toute ton ardeur... et Naal va danser !

Lwil, un instant interloqué, explosa ensuite :

— Salaud ! Tu ne crois pas que tu l'as déjà assez humilié comme ça ? Je te savais sans cœur, Graam, mais pas à ce point-là !

— Ferme ça, Lwil, et fais ce que je te demande !

— Il a faim ! Fous-lui la paix, au nom du cube !

Graam s'emporta :

— Il dansera ! Et toi, tu vas jouer !

Malgré sa petite taille et sa faiblesse, Lwil tenait tête à Graam. Et il était le seul, dans la taverne, à oser le faire.

Peut-être aussi était-il le seul à n'avoir rien à perdre...

Il croisa les bras.

— Je ne jouerai pas ! dit-il fermement.

Graam ricana encore, méchamment cette fois, attrapa Lwil par le col de sa tunique, le souleva sans effort.

— Regardez-moi ce bel oiseau ! dit-il. Il est brave, n'est-ce pas ? Pour un peu, j'en tremblerais... Écoute-moi bien, ménestrel. Tu vas jouer, sinon je ne donne pas cher de ta peau !

Lwil gloussa :

— Ma peau ?... Elle ne vaut pas cher, de toute façon. Frappe, Graam ! Quelle belle victoire pour toi !... Vas-y ! Tue-moi ! Et dans un quart d'heure, tu auras les Ougouls à tes trousses !... Tu sais bien que nos petits gardes chéris savent tout ce qui se passe !

— Je les emmerde, les Ougouls ! Tu vas jouer, oui ou merde ?

— MERDE !

De rage, Graam envoya sa victime rouler dans un coin, se rua ensuite sur l'instrument du pauvre ménestrel.

— Non ! hurla Lwil qui se relevait péniblement. Ne touche pas à mon luth ! Pose-le !

— Tiens ! Tiens... On dirait que tu as tout à coup de meilleures intentions...

— Oui. Je ferai ce que tu veux, mais rends-moi mon luth ! Ne le casse pas !

— Tu vas jouer ?

— Oui...

Graam parut satisfait.

Lwil reprit son luth tandis que le géant récupérait le pain qu'il avait laissé sur une table située à l'opposé de l'endroit où se tenait Naal.

— Je sens que nous allons follement nous amuser, les amis !... Regardez bien, les femmes ! Ne perdez rien du spectacle, c'est moi qui l'offre !... Avez-vous déjà vu un homme nu en train de danser devant un morceau de pain ?... Et ce sera encore plus divertissant si vous imaginez qu'il pourrait s'agir d'un Bleu ou d'un Jaune !

Lwil, la mine défaite, n'osait pas regarder Naal. Celui-ci s'avança, le réconforta.

— Tu as fait ce que tu as pu, Lwil. Je ne l'oublierai jamais... Mais en attendant, il faut que tu joues !

— Tu... tu vas... ?

— Joue, Lwil...

Le ménestrel commença à jouer.

Dès les premières mesures, Naal se mit à sautiller de façon grotesque, ce qui déclencha le rire de Graam et, par suite, celui du public. Il sautait, tantôt sur un pied, tantôt sur l'autre, faisait des bonds, tournait sur lui-même, dansait entre les tables et les bancs, claquant des mains.

— Encore, Naal ! Encore ! criait-on.

— Danse, Naal ! Plus vite ! Plus vite !

— C'est dur, de gagner sa croûte, hein, Naal ?

Lwil jouait et jouait. Des larmes coulaient sur ses joues...

Et Naal dansait, encouragé par les hurlements hystériques des femmes et des hommes. On applaudissait, on tapait du pied. On riait de voir ce pantin humain se déchaîner au son d'une musique qu'on n'entendait pratiquement plus. Naal tourbillonnait, faisait de grands gestes. Dans un coin, une grosse femme dépoitraillée mimait l'homme, buvant de temps en temps une gorgée de mauvais vin.

L'atmosphère était devenue très chargée, étouffante. On s'énervait entre les femmes, l'alcool, et la sueur.

— Bravo ! s'égosillait Graam.

Naal, lourdement, continuait sa gigue, haletant. On lui faisait place, on l'acclamait.

Soudain, quelque chose traversa la salle. Graam s'écroula, la gorge percée par la lame d'un couteau.

Un couteau que Naal avait habilement dérobé à l'un des hommes qui se trouvaient là. Il l'avait lancé avec force, et personne n'avait remarqué son geste trop rapide.

Immédiatement, le silence tomba. Tous demeuraient bouche bée, les yeux posés sur Naal qui, en titubant, marchait vers Lwil. Visiblement, il était le premier surpris par ce qu'il avait fait. A un moment donné, il s'était produit quelque chose en lui, une sorte de déclic dont il n'expliquait pas l'origine.

Il avait tué !

Tué...

Oui... Il avait éprouvé une émotion intense. Des images incompréhensibles avaient jailli dans son cerveau et avaient défilé si vite qu'il n'avait pas su les fixer. Toutefois, un sentiment de vengeance avait germé en lui. Il n'avait pas résisté à l'impulsion.

Il avait tué Graam !

Graam qui gisait sur le plancher, sa tête baignant dans une mare de sang.

— Pourquoi as-tu fait ça ? demanda Lwil. A présent, tu es perdu !... Les Ougouls vont savoir... Ils vont t'emmener !

— Les Ougouls..., répéta Naal comme s'il émergeait d'un rêve. Oui, les Ougouls...

— Il faut fuir, Naal ! Pars pendant qu'il est temps ! Tu n'auras pas beaucoup d'avance...

Naal se frotta les yeux, parut revenir complètement à lui.

— Fuir ! Tu as raison ! Je vais fuir !

Il prit la peine de rafler le morceau de pain qu'il avait bien gagné et, sans attendre plus longtemps, il sortit, retrouvant les ténèbres et la pluie...

CHAPITRE III

Il fonça, droit devant lui, crevant le rideau humide, et gagna une ruelle plus sombre que les autres. Il se retourna et, constatant qu'on ne le poursuivait pas, il s'arrêta. Courir était idiot. Pour une éventuelle rencontre, il valait mieux qu'on ne le vît pas fuir.

Toujours cette maudite pluie. Et ce froid !

Où aller ? Où trouver un abri ?

Le morceau de pain fut rapidement avalé. Et Naal avait aussi faim. Nu, sans argent, seul...

Il devait fuir. C'était sa seule chance. Les Ougouls allaient se mettre à sa recherche et finiraient par le trouver.

Sortir de Xaar ? Ce n'était peut-être pas impossible, mais la porte devait être gardée...

Naal était comme une bête traquée. Sa liberté était plus que jamais compromise.

Il allait s'enfoncer plus avant dans la nuit quand il aperçut une lueur mouvante à quelque trente mètres de lui. Il entendit des pas. Quelqu'un venait.

Sur le moment, il crut que c'était un Ougoul. Il se réfugia dans une encoignure, fit corps avec la pierre froide d'un mur, retint son souffle.

L'homme à la lanterne ralentit, s'arrêta, semblait chercher quelque chose ou quelqu'un.

— Naal !... Naal ?

Naal ne bougea pas. Il voyait très bien celui qui l'appelait à mi-voix. La lanterne à la lueur vacillante ne permettait pas cependant de distinguer ses traits.

— Naal ?... Montre-toi... Ne crains rien, je veux t'aider.

Un piège ? Pourquoi non ? Qui était cet homme ?

Attendre.

— Naal ?... Mais où est-ce que tu te caches ?... Je sais que tu es près d'ici et que tu m'entends !... Réponds-moi, au moins ! Je te répète que tu n'as absolument rien à craindre. Personne n'a prévenu les Ougouls. Ceux-là ne sauront pas que tu as tué Graam... Hé Naal ?... Tu m'écoutes ? On ne l'aimait pas beaucoup, ce Graam. Mais il était le plus fort et on le craignait... Naal ! Hé ! Naal !...

L'homme à la lanterne essayait de convaincre Naal, mais ce dernier, méfiant, hésitait à sortir de l'ombre. Avec raison, il flairait le piège, se disant qu'une telle chose n'était pas à écarter. D'un autre côté, il se pouvait que cet homme fût en mesure de l'aider.

Il réfléchit, examina mentalement sa situation. Après tout, que risquait-il ? Une aide serait la bienvenue... D'ailleurs, tout était préférable à une fuite sans espoir.

— Qu'est-ce que tu me veux ? demanda-t-il en quittant l'endroit où il se cachait.

L'homme à la lanterne ne sut retenir un « ah ! » de satisfaction. Il s'approcha de Naal, releva le col de sa longue cape ; geste machinal qu'il fit en frissonnant. Geste commandé par une réaction psychologique qui se substituait à la vision d'un homme nu sous la pluie.

— Parlons bas... Je m'appelle Voogh. J'étais dans la taverne...

— Et alors ?

— Chut ! Pas si fort !... Tu veux réveiller les braves gens ?...

— Qu'est-ce que tu veux ?

— Je peux te procurer des cartes noires !

Naal tiqua :

— DES cartes noires ?

— Oui... DES !... Car chez nous, on possède plusieurs cartes. Et le mieux, naturellement, est d'en avoir plus que son voisin... Pour commencer, tu prends la carte générale, qui est semblable à celle des Bleus ou à celle des Jaunes. Cette carte prouve ton appartenance au secteur noir de Xaar... C'est celle qu'on présente aux Ougouls lorsque ceux-ci font des contrôles... Oh ! Mais, ici, on ne t'obligera pas à penser d'une certaine façon. Tu fais ce que tu veux... hum ! en principe. Mais plus tu posséderas de cartes, plus tu seras libre. Tu comprends ?

— Pas très bien, avoua Naal, car il me semble, au contraire, que plus j'aurai de cartes, plus je serai aliéné !

— C'est un avis que tu réviseras... Avec ces cartes, tu auras beaucoup d'amis... et dans la ville noire, c'est un gage de sécurité !

— Mmm ! Quelles sont ces autres cartes ?

— Il y a celle des Défenseurs, celle des Travailleurs, celle des Artistes, celle des Hommes Libres... Mais il y a celles qui t'accordent le privilège d'avoir plusieurs femmes en même temps, de vivre mieux que d'autres, etc.

Naal regarda l'homme dans les yeux et soupira.

— Vous êtes encore plus cinglés que les Jaunes ou

les Bleus !... Mais tu peux toujours me donner ces cartes.

— Donner ? Euh ! Non... Mais les vendre, oui !

— Vendre, dis-tu ?... Tu te moques de moi ! Tu sais bien que je n'ai pas un seul galac !

— Cela n'est qu'un détail... Je t'avancerai l'argent et tu me rembourseras le double dans un délai que je te fixerai.

— C'est bien ce que je pensais : tu te moques de moi ! Si je n'ai pas d'argent maintenant, comment veux-tu que j'en aie plus tard ? Tu es idiot ou quoi ?

Voogh ricana.

— On voit bien que tu viens d'arriver, dit-il. Figure-toi qu'il y a mille et une façons de se procurer de l'argent... Ce soir, si tu avais voulu, tu aurais pu prendre celui de Graam !

— Quoi ? Tu veux dire qu'ici... on tue ?

Voogh durcit le ton :

— On tue, exactement ! Mais on s'arrange pour que les Ougouls l'ignorent !... De préférence, on tue la nuit, en faisant en sorte qu'il n'y ait pas de témoin. Pendant le jour, c'est extrêmement difficile, car les Ougouls ont des yeux partout. Ils savent tout ce qui se passe. C'est comme s'ils voyaient à distance !... Mais ne t'en fais pas. Tu es habile et intelligent. Tu sauras tromper les gardes. Quant à tuer, je te fais entièrement confiance !... Ah ! surtout, n'oublie jamais de faire disparaître le corps de ta victime !... Avec de l'argent, tu achèteras facilement des complices qui, une fois leur travail terminé, seront muets comme la pierre. Prends garde, toutefois, que ces complices ne possèdent pas une carte identique à l'une de celles que détient la victime choisie car, dans ce cas, on se retournerait contre toi ! Lorsque l'on tue, il faut connaître l'autre,

s'assurer qu'on n'appartient pas à l'un des groupes
noirs que je t'ai cités il y a un instant... Ce n'est pas
facile, au fond. Mais tu apprendras vite a reconnaître
l'homme riche. Tu distingueras celui qui possède des
cartes et celui qui n'en a qu'une ou deux. Tu apprendras aussi des ruses... Et si c'est toi que l'on choisit
comme victime, tu peux te sauver en achetant immédiatement toutes les cartes que possède celui qui veut
te tuer !... Le plus malin l'emporte !... Ce soir, par
exemple, j'ai gagné de l'argent en faisant disparaître le
corps de Graam. J'ai payé deux hommes. Cent galacs
chacun... Et pour cela, tu me devras cinq cents galacs !

— Cinq cents galacs ! s'exclama Naal, noyé sous le
flot de paroles démentes de Voogh. Mais...

— Plus tard ! Plus tard ! Rien ne presse. Ce qu'il
faut, dès maintenant, c'est prendre plusieurs cartes. Je
te donnerai dix jours par carte pour me rembourser le
double de la somme avancée.

C'était plus que Naal était capable de supporter.

— Tu es immonde, Voogh ! Immonde ! Je n'accepte
pas ce marché ! Tu peux garder tes cartes et ton argent
pourri !

— Comment ?... Tu refuses ?

— Oui ! Je refuse ! Vous, les Noirs, vous êtes pires
que les autres ! Tous fous !

— C'est toi qui es fou !

— Peut-être. On me l'a déjà dit chez les Jaunes et
chez les Bleus ! N'empêche. Je n'accepte pas ta proposition. Si ça te chante, cours chez les Ougouls, mais
fous-moi la paix !

Voogh fit entendre un petit rire de gorge.

— Je vois que tu as déjà oublié ce pauvre Graam,
dit-il. Tu l'as tué, non ?

— Oui, mais ce n'était pas pour prendre son argent !

Naal s'interrompit une seconde et reprit, sur un ton ironique :

— Mais j'imagine que tu as réparé cette erreur, n'est-ce pas ? Tu lui auras dérobé sa bourse et ses cartes ?... Ces cartes que tu veux me vendre, à présent ! Voilà de magnifiques activités commerciales !... Je ne sais pas ce qui me retient de t'étrangler !

— Du calme, Naal ! En affaires, on ne doit pas s'énerver !

— De quelles affaires parles-tu ? Je t'ai dit que je refusais ta proposition !... De toute façon, en ce qui concerne Graam, je suis tranquille puisque tu l'as fait disparaître !

Voogh fit une grimace qu'accentua la lueur jaunâtre de la lanterne.

— Naïf ! On peut te dénoncer !

— Vraiment ? Et les preuves ?

— Il y a eu des témoins !

— Cela ne suffira pas ! Dans mon cas, du moins !... Je suis encore irresponsable de mes actes ! On ne peut accuser un irresponsable que si on le prend sur le fait !

L'argument porta.

Voyant qu'il avait affaire à forte partie, Voogh devint menaçant :

— Tu connais tes droits, c'est bien. Néanmoins, tu n'es pas le plus fort !... Tu comprends qu'après tout ce que je t'ai dit je ne veux pas te donner l'occasion de me nuire...

A trois reprises, il balança la lanterne. Voogh se tourna légèrement et dit :

— Comme tu peux le constater, je ne suis pas venu seul...

Il ne mentait pas. Trois silhouettes furtives s'agitè-

rent. Naal vit briller l'acier froid des épées. Instinctive-
ment, il recula, s'adossa au mur d'une maison.

— Et en plus tu es un lâche ! dit Naal à Voogh.

— Il n'est pas trop tard pour changer d'avis, Naal !

Pour toute réponse, Naal se rua sur l'homme. Celui-
ci lâcha sa lanterne qui tomba sans toutefois se briser.

Naal tenait Voogh par le cou et serrait tellement que
le Noir ne pouvait parler. Chaque fois qu'il tentait de
se dégager, Naal serrait un peu plus.

— Approchez ! lança Naal aux trois complices de
Voogh, et je vous garantis que je n'hésiterai pas à tuer
votre chef !

Il y eut quelques instants de flottement pendant
lesquels chacun se demanda ce qu'il allait faire.

Soudain, Voogh se dégagea.

— Tuez-le ! s'écria-t-il.

Au même moment, on cria :

— Pour l'homme ! Pour la liberté !

Et le cri fut suivi d'un bruit de pas précipités.

— Par le cube ! jura l'un des hommes de Voogh.
C'est un Régulier !

— Un régulier ? fit un autre. Il n'est certainement
pas seul !

Une silhouette noire venait de jaillir des ténèbres.
Elle fonça sur celui qui tentait de lui barrer le passage.
Un bref cliquetis. Du fer qu'on croise. Une épée qui
vole. Un cri. Un homme qui prend la fuite en se tenant
la main droite...

— A moi, mes frères ! Pour l'homme ! Pour la
liberté !

— Fuyons ! ordonna Voogh. Ils sont plusieurs... Et
tout ce bruit va attirer des gens !

Voogh savait que les « Réguliers » ne reculaient

devant aucun danger. Il préférait vider les lieux avant
d'en avoir un devant lui. Il courut.

— On se retrouvera, Naal, lança-t-il avant de se
fondre dans la nuit.

Naal, complètement ahuri par la rapidité des événements, fut incapable de répondre. Sans comprendre, il
regardait celui qui venait de le sauver. Il ramassa la
lanterne, la leva pour voir le visage du « Régulier ». Il
s'attendait à voir surgir d'autres silhouettes, mais
l'homme était seul.

Une cagoule ! Le « Régulier » portait une cagoule !

— Pas de mal ?

— Non, répondit Naal. Mais, sans toi, je ne serais
certainement plus de ce monde !... Tu es arrivé juste à
temps !

— Ne crois pas cela. Il y a longtemps que je suis
là... J'étais également dans la taverne. Lorsque j'ai vu
ce misérable de Voogh qui partait derrière toi, j'ai
pensé qu'il allait essayer son petit commerce habituel.
Je l'ai suivi de près, restant à quelques pas seulement
de ses hommes de main... J'ai écouté votre conversation. Hum ! Si tu avais accepté sa proposition, tu aurais
devant toi un ennemi !

— Tu n'es donc pas un Noir ?

— Pour la majorité, si. J'en suis un. Mais disons
que je suis un Noir un peu particulier !

— Tu es seul ?

— Oui.

— Comment te remercier ?

— Simplement en ne le faisant pas... Allons-nous-
en d'ici ! On ne sait jamais, les Ougouls pourraient
nous tomber dessus.

— Où allons-nous ?

— Chez moi ! Viens !

* *
*

Le « Régulier » prit la lanterne, la lança contre un mur. La nuit redevint totale.

— Viens, Naal !

Il partit. Naal lui emboîta le pas. Ils suivirent un dédale de rues, et Naal eut l'impression que le « Régulier » cherchait à semer un éventuel suiveur. Ils rasaient les murs, utilisaient l'ombre, couraient lorsqu'ils tournaient à l'angle d'une rue. Naal avait oublié la faim, la pluie, le froid. Confiant, il suivait celui qui l'avait sauvé.

— Nous y sommes ! dit le « Régulier » en poussant une porte. Entrons vite.

Naal ne se le fit pas dire deux fois. Une bonne chaleur l'enveloppa dès qu'il pénétra dans la grande pièce. Dans l'âtre s'élevaient de belles flammes claires. Des chandelles, disposées savamment, révélaient un mobilier sobre, un intérieur modeste mais ordonné.

Naal se sentit bien. Il s'approcha du feu, trouva une femme assise, la salua. Celle-ci se leva en souriant.

— Salma ! fit-il, étonné.

— Salma est ma fille, dit le « Régulier » en ôtant sa cagoule. Mon nom est Lémok... Non. Ne discutons pas. Pas maintenant... Tu vas d'abord passer ces vêtements...

Lémok se dirigea vers une armoire qu'il ouvrit. Il en retira des habits faits de grosse toile et les tendit à Naal.

— Nous sommes à peu près de la même taille, dit-il. Je pense qu'ils t'iront très bien...

Naal le remercia d'un sourire. Il vit le visage de Lémok. Celui d'un homme de quarante-cinq ans environ, avec d'épais sourcils qui étaient aussi bruns que ses cheveux ; des tempes argentées, un nez étroit. Un visage franc.

— Tu vas manger, dit Lémok.

Naal vit Salma qui revenait de la cuisine. Elle déposa sur la table un plateau garni.

— Il y a là du pain, du pâté, de la viande fumée et des fruits, dit-elle. Assieds-toi, je vais t'apporter un pichet de vin...

Naal s'installa, un peu gêné.

— J'aimerais comprendre, dit-il.

— Après, Naal. Mange d'abord.

Il se tut, mais dut se maîtriser pour ne pas harceler Lémok de questions. Cet accueil lui semblait si peu en rapport avec tout ce qu'il avait vu ou vécu qu'il en était désorienté, perdu. Et que dire de Salma ? Cette fille qui l'avait abordé dans la taverne ? Cette fille qui s'était moquée de lui ?

Décidément, la ville noire était pleine de surprises.

Naal s'interrogeait. Que cachait cette soudaine bonté ? Que lui voulait-on ? Après tout, cet homme n'était pas obligé d'intervenir ! Que lui importait la vie d'un étranger, d'un irresponsable ?

C'était quoi, un « Régulier » ?

Pourquoi Salma avait-elle eu cette attitude dans la taverne, alors qu'ici elle était pleine de sollicitude ?

Tout en remuant ces questions, Naal mangeait, faisait honneur aux mets disposés devant lui. Tout était excellent.

Lorsque sa faim fut apaisée, Lémok versa du vin dans deux gobelets.

— Est-il vrai que tu viens de chez les Bleus ?

Naal crispa les poings. Voilà que cela recommençait ! Il aurait dû se douter que sous son humanité apparente Lémok dissimulait l'esprit d'un Noir !

D'un Noir qui était peut-être plus redoutable qu'un Voogh !

— J'ai déjà répondu à cette question, dit Naal. Puisque tu te trouvais dans la taverne, tu as dû entendre !

— Ne te fâche pas, Naal, reprit Lémok avec un sourire bienveillant. Mon intention n'est pas de te soumettre à un interrogatoire dans le genre de celui qu'on t'a fait subir. Ne vois dans ma question qu'une simple curiosité... Tu peux me faire confiance, ami. Ne t'ai-je pas sauvé ?

— Si. Pardonne-moi, Lémok.

— Je n'ai rien à te pardonner, Naal. Je comprends d'ailleurs la raison de ton attitude...

— Qui es-tu exactement ? demanda Naal. Qu'est-ce qu'un Régulier ?

Lémok sourit, étudia l'homme assis devant lui, cet homme encore jeune aux cheveux blonds, aux yeux bleus.

— Qui je suis ? fit-il. Un homme qui refuse d'être autre chose qu'un homme... Un homme qui refuse la collectivité démente des Noirs, comme il refuse la bêtise des Bleus et celle des Jaunes !... Un homme qui refuse la domination des Ougouls ! Un homme, enfin, qui espère en un avenir meilleur...

Naal fronça les sourcils. Il ne s'attendait pas à une semblable réponse. Il se rendait compte que ses propres idées rejoignaient celles de Lémok. Toutefois, il restait une ombre au tableau.

— Et Salma ? Pense-t-elle cela également ?

— Oui. Je te l'assure.

— Pourtant, son attitude à mon égard...

Lémok leva la main.

— Je sais ce que tu vas lui reprocher, coupa-t-il,

aussi, permets-moi de t'arrêter... Sache que Salma est intervenue pour écourter ton supplice ! L'interrogatoire aurait pu durer des heures et des heures ! Les Noirs sont friands de ce genre de choses. Et toi, comme tu nous es arrivé, tu constituais une victime parfaite !

Naal regarda Salma.

— Si je comprends bien, ce que j'ai subi n'est rien à côté de ce que j'aurais pu endurer ?

— C'est exactement cela, dit Lémok. Salma fait également partie des Réguliers. Elle sait se battre comme un homme, et elle manie l'épée aussi bien que moi ! Elle aussi doit jouer un rôle qu'elle n'aime pas... Cependant, nous devons préserver notre anonymat, faire en sorte qu'on nous prenne pour des Noirs convaincus, et en cela, nous sommes obligés d'agir comme ils le feraient !

— Personne ne sait donc qui sont les Réguliers ?

— Non. A part les Réguliers, bien entendu. Nous prenons du reste d'infinies précautions. Comme les autres Noirs, nous n'intervenons que la nuit, à cause des Ougouls... Voogh ne t'a pas menti en déclarant que les gardes ont des yeux partout. Je ne sais pas comment ils font... Nul ne le sait.

— On n'a jamais pris un Régulier ?

— Si. C'est arrivé une fois. Mais notre frère n'a pas parlé puisque notre réseau est intact.

— Vous êtes nombreux ?

— Hélas ! Non... Quelques dizaines, seulement pour la ville noire. Chez les Jaunes et chez les Bleus, il y a également des Réguliers qui, comme nous, préservent leur identité. Nous avons parfois des contacts avec eux. Mais ces contacts sont très rares... Tu comprends maintenant pourquoi je te demandais si tu venais effectivement de chez les Bleus. Je pensais que tu aurais pu rencontrer l'un des nôtres...

Naal secoua la tête.

— Cela ne s'est pas produit, Lémok.

Salma vint s'asseoir près de Naal, lui tendit le gobelet qu'elle venait de remplir. Elle servit aussi son père.

Lémok but deux ou trois gorgées, posa le récipient devant lui, s'adressa de nouveau à Naal.

— J'aimerais que tu me parles de toi, dit-il.

— Oh ! fit Naal, ce que j'ai à dire sera court, car la mémoire me fait défaut. J'ignore quantité de choses. Particulièrement celles qui me concernent directement... Je me suis réveillé un jour, étendu sur le pavé d'une rue. Là commence mon histoire. Chez les Jaunes...

— Mais... Avant ?

— Avant ? Je ne sais pas. J'ignore d'où je viens. Peut-être étais-je déjà un Jaune ? Je ne me souviens pas. Ma tête est vide...

— En tout cas, les Jaunes t'ont accepté dans leur communauté !

— Sans difficulté... Au début, ils ont eu quelques doutes. Ils pensaient que je jouais la comédie. J'ai d'ailleurs subi de longs interrogatoires... Pour finir, les Jaunes se sont rendu compte que j'étais réellement privé de mémoire, et ils m'ont adopté, se disant que j'étais incapable de leur nuire, et espérant que je deviendrais rapidement un bon élément.

— Ils se sont trompés, me semble-t-il.

— Certes ! Je n'admettais pas leurs idées reçues, leurs codes, leurs phrases creuses, leurs mots qui endorment. Je n'acceptais pas de réciter je ne sais quelles âneries devant un cube de métal !... Est-ce que les Noirs adorent également le cube ?

— Hélas ! C'est imposé par les Ougouls !... Lorsque ces derniers visitent les demeures et qu'ils ne trouvent pas le cube, ils emmènent toute la famille.

— Ridicule ! Je ne vois pas l'intérêt qu'il y a dans le fait de se mettre à genoux devant un cube de métal !... Les Jaunes, s'ils avaient pu, lui auraient sacrifié des vies humaines !

— C'est monstrueux !

— Mais vrai ! J'ai entendu un Jaune le dire !... Naturellement, je me suis révolté. Mais tout est sottise dans cette ville ! Tout !... Les sentiments n'existent pas. On ignore l'amour. L'homme qui désire avoir un enfant se rend dans la maison de permanence, choisit une femme avec laquelle il s'isole pendant un temps qui ne varie jamais. Aucune parole ne franchit les lèvres de l'un ou de l'autre. A la sortie, le Jaune remplit une fiche de renseignements... Même chose chez les Bleus. Lorsque les enfants sont en âge de comprendre, on les confie à des éducateurs qui se chargeront de leur apprendre la supériorité incontestable des gens de leur groupe !... Chez les Jaunes comme chez les Bleus, on adore les plaisirs faciles, le fanatisme, la paresse, le sommeil, la bêtise ! Ils sont fous ! Je ne me suis pas gêné pour leur dire !... Et maniaques, de surcroît ! Ils aiment à coller des étiquettes. Ils te rangent dans un petit tiroir qu'ils referment avec soin, pensant qu'ils t'en sortiront quand le besoin s'en fera sentir. Cela aussi, je l'ai fait remarquer !... On m'a répondu que le fou, c'était moi ! Ben voyons ! Ils étaient le nombre, et moi l'unité ! Quoi d'étonnant à cela ? Un homme sain au milieu de fous ne passe-t-il pas pour un fou au milieu d'hommes sains ?

Naal continua à parler des Jaunes et des Bleus, de leur vie construite, ordonnée, factice. Il parla de leur monde de froideur, de rigidité, de leur univers hyper-rationnel où tout est fonction, où tout sentiment humain est exclu.

Salma et Lémok le laissèrent évoquer son passé (un passé relativement proche) sans chercher à l'interrompre, même lorsqu'il prononçait des mots qu'ils ne comprenaient pas ; mots ou expressions qui devaient appartenir au vocabulaire des Jaunes ou des Bleus.

Ils écoutaient, attentifs. Lorsque Naal se tut, Lémok se leva pour remettre une bûche dans la cheminée.

Quelques instants s'écoulèrent. On regardait danser les flammes mais la vision allait au-delà du foyer. Elle perçait la clarté du feu pour se projeter dans un univers qui n'existait pas encore.

Ce fut Salma qui rompit le silence :

— Que vas-tu faire, à présent ? s'enquit-elle.

— Tu pourrais devenir un Régulier, suggéra Lémok avant que Naal eût répondu. Nous ne rencontrons pas souvent des hommes comme toi... Le recrutement est difficile, et nous avons besoin d'éléments sûrs. De ce côté, nous ne pouvons nous permettre la moindre erreur !

— Et vous n'êtes pas assez nombreux pour vous révolter, dit Naal, je sais !

— Hé oui ! Pour le moment, nos actions sont très limitées. En quelque sorte, nous serions plus spéculatifs qu'opératifs, car nous cherchons la meilleure façon de changer le monde dans lequel nous vivons. Car vois-tu, Naal, c'est l'homme qu'il faut modifier. Il faut l'aider à se débarrasser du carcan de ses préjugés et de ses défauts. Il faut l'aider à penser... C'est là un travail de longue haleine, mais il en faut beaucoup plus pour nous décourager. Et nous sommes conscients ! Nous savons que le jour où la majorité des gens sera avec nous, il restera à abolir l'esclavage, à éliminer les Ougouls et ceux qui, dans l'ombre, les dirigent !

— Ceux qui les dirigent ! répéta Naal. Oui. Probablement une race « d'englobés supérieurs » ! Des englobés d'une couleur différente, pire que le clan des Jaunes ou celui des Bleus !

— Tu as probablement raison. Pourtant, ceux-là doivent être assez peu nombreux puisqu'ils vivent au palais interdit et qu'ils n'en sortent jamais !

— Ils ne sont peut-être pas nombreux, mais ils dirigent !... Personne n'a jamais eu l'occasion d'en voir un !... J'aimerais être là lorsque nous briserons nos chaînes !

— Tu PEUX être là, dit Salma.

— Non... Je ne serai pas un Régulier. J'ai tué un homme. Tôt ou tard, j'aurai les Ougouls sur le dos !

— D'abord, Voogh s'est chargé de faire disparaître Graam, tu ne l'ignores pas. Ensuite, tu seras ici chez toi, à l'abri. Les Réguliers te protégeront. Lorsque ta barbe et tes cheveux auront poussé, tu pourras sortir sans risque... On te procurera des cartes noires. Toutes les cartes noires qui existent, et celles qu'on inventera !

Naal hocha la tête.

— Tu as déjà fait beaucoup pour moi, Lémok, et je ne voudrais pas que tu me croies ingrat. Et si ta proposition me flatte, je ne puis l'accepter... D'ailleurs, je ferais une piètre recrue. Je ne sais pas manier l'épée... Si j'en crois ce que j'ai entendu, les Réguliers sont des gens que l'on craint...

— Nous sommes bien entraînés au maniement des armes, c'est vrai. Mais il me semble que tu ne te défends pas mal, au couteau !

— Tu fais allusion à la mort de Graam ?... Un coup de chance ! Et puis, pour tout avouer, je ne sais pas ce qui m'a pris. J'étais subitement transformé. J'étais un autre moi-même...

— Bah ! fit Lémok, on t'apprendra à te servir d'une épée...

— Tu n'en auras pas l'occasion... Au fait ! Je me demande pourquoi les armes sont autorisées puisqu'il nous est interdit de tuer !

— Ta remarque est très juste, Naal. C'est encore une chose paradoxale qui s'ajoute à toutes les autres ! Peut-être veut-on, justement, provoquer des troubles afin de donner aux Ougouls une raison d'exister ? Il ne faut pas chercher d'explication là où il n'y en a pas... Pour nos dirigeants, les armes font peut-être partie du décor au même titre que ces forteresses, ces châteaux que l'on construit hors des murs de Xaar ?

— C'est justement ça, l'explication ! Tout ce que nous faisons ne sert à rien !... Non, Lémok, je ne serai pas un Régulier... Malgré ce que tu as fait pour moi. Je dois partir. Vivre à Xaar m'est devenu impossible !

— Pour aller où ?... Il n'y a rien, ailleurs ! Ni personne !... Que feras-tu ? Comment vivras-tu ?

— J'ignore tout cela... Comprends-moi, Lémok. J'éprouve un grand besoin de solitude. Je l'ai senti dans la taverne, l'espace d'un temps très court...

Lémok eut un geste qui traduisait sa déception.

— Je ne puis t'empêcher de partir, Naal. Je t'aiderai, même !... Promets-moi pourtant de réfléchir longuement avant de prendre cette décision.

— Très bien... Je te le promets !

— Reste avec nous, Naal, demanda encore Salma.

— Non... C'est impossible ! Ne me demandez pas pourquoi, je ne saurais pas vous répondre... J'ai, vous le savez, besoin de solitude... Mais j'ai également l'impression que l'on m'attend ailleurs... Je dois quitter Xaar !

— Fais comme tu veux, reprit Lémok. Je respecte tes idées. Mais surtout, mesure bien l'importance de ta décision... Accorde-toi un délai avant de partir.

-— Un délai ?

— Oui... Un jour encore...

Naal réfléchit. S'il restait un jour dans cette maison, son repas serait assuré, et il pourrait se reposer.

— Ton idée est bonne, Lémok. J'accepte de rester jusqu'à demain soir.

— Cela me réjouit, Naal... Maintenant, je crois qu'une bonne nuit de sommeil nous fera le plus grand bien. Demain, tu auras peut-être changé d'avis, Naal. Qui sait ?

Naal ne répondit pas. Il savait, lui, qu'il ne resterait pas plus d'un jour, qu'il ne deviendrait pas un Régulier.

Salma posa sa tête sur son épaule, murmura :

— Partageras-tu mon lit, cette nuit ?

A cette question directe, Naal se troubla.

Salma était jeune et belle. Elle lui caressait doucement les mains. Elle l'aimait ! Et elle était certainement sincère...

Naal fut comme paralysé.

Cette femme... qui lui apportait sa douceur, sa tendresse...

Un frisson d'émotion le secoua. Un frisson étrange. Un frisson qui avait déjà fait trembler tout son être lorsqu'il était dans la taverne. Oui. C'était la même chose. La même sensation. Une brusque transformation...

Des images incompréhensibles défilèrent devant ses

yeux. Que se passait-il en lui ? Pourquoi cette impression bizarre chaque fois qu'il était la proie d'une vive émotion ?

— Qu'y a-t-il, Naal ?... Ça ne va pas ?

— Si... si, ne t'inquiète pas... Certainement la fatigue... J'ai eu une sorte de vertige. C'est fini, maintenant.

Une femme !

C'était si loin !

Oui... Il connaissait l'amour. Il avait tenu une femme dans ses bras, s'était laissé emporter par une passion dévorante. Mais cela était loin, très loin. Très flou, aussi... Cela s'était certainement passé AVANT. Ce n'était pas un rêve. C'était AVANT. Il ne pouvait en être autrement ! L'amour évoquait en lui une réalité lointaine, une réalité perdue dans le temps.

— Tu ne m'as pas répondu, Naal. Partageras-tu mon lit ?

— Oui, Salma.

Secrètement, Naal espérait qu'il retrouverait, dans les bras de la jeune femme, quelques lambeaux de son passé.

— Oui, Salma, dit-il encore.

CHAPITRE IV

Avec Salma, Naal avait passé une nuit délicieuse ; une nuit qu'il n'oublierait pas. Et s'il avait appris beaucoup de choses sur la jeune femme, sur son père, sur la ville noire, il n'avait pas reçu les révélations qu'il espérait. Son cerveau était resté fermé. Il n'avait livré aucun souvenir. A son réveil, Naal avait été déçu, mais le sourire de Salma chassa l'ombre de ses pensées.

Tout le jour il demeura dans la maison de Lémok. En compagnie de Salma, il se sentit bien. Lémok était parti très tôt afin de se procurer des cartes noires. Il rentra vers le soir, alors que la ville, doucement, glissait dans une ambiance trouble.

Lémok déposa un petit paquet sur la table.

— Voilà ! dit-il à Naal. Je t'ai trouvé six cartes.

— Je te remercie une fois de plus, ami... Cependant, je crains de n'être pas en mesure de te rendre un jour ces bontés.

— Nous verrons, Naal. Nous verrons... Euh ! As-tu réfléchi ?

Naal ne répondit pas immédiatement. Il était tiraillé par deux envies contradictoires : celle de rester et celle de partir. Rester pour Lémok, pour Salma, pour les

Réguliers. Partir pour être libre. Partir parce qu'au
fond de lui `existait toujours ce mystère qu'il ne
parvenait pas à percer ; ce mystère qui l'appelait
ailleurs.

Il eut un profond soupir.

— Oui, Lémok. J'ai réfléchi... Je n'ai fait que cela.
Crois-moi, j'ai parfaitement analysé ma situation... Je
vais partir !

Jusqu'au dernier moment, Lémok avait espéré que
Naal resterait. Il pensait qu'il serait devenu un Régulier. Ayant entendu sa décision, Lémok baissa la tête.

— Très bien, Naal, dit-il, déçu. Je ne m'opposerai
pas à cette idée. Toi seul décides de ton avenir...
L'homme doit savoir se libérer des contraintes, de tout
ce qui est susceptible de nuire à son bonheur... Tu
partiras donc, Naal, puisque c'est ce que tu souhaites.
Sois assuré que nous ne t'en voulons pas... Et n'oublie
pas que tu nous trouveras toujours en cette maison.

— Je n'oublierai rien, Lémok. Comment le
pourrais-je ?... Toi non plus, Salma, je ne t'oublierai
pas !

Lémok coupa court :

— Quand pars-tu ? demanda-t-il.

— La nuit tombe, répondit Naal. C'est le meilleur
moment.

— Comment vas-tu quitter Xaar ?

— Par la porte, tout simplement ! Puisque je dispose maintenant de cartes noires, les difficultés seront
réduites au minimum... Les Ougouls me laisseront
passer.

— Peut-être ! Suppose qu'ils t'interrogent ? Qu'ils
te demandent pourquoi tu sors ?

Naal sourit.

— Ils me le demanderont, c'est certain. Mais ma

réponse est prête. Je veux aller voir les esclaves des champs, ceux qui cultivent la terre. De mes observations, je vais inventer un nouveau jeu !

Lémok siffla.

— Excellent ! approuva-t-il. Plus tes réponses seront idiotes, plus tu auras de chances... Les Ougouls· n'aiment pas nous voir nous occuper de choses sérieuses.

Lémok se tourna vers sa fille.

— Prépare quelques provisions, dit-il, et mets-les dans un sac...

Salma acquiesça d'un signe de tête.

Tandis qu'elle se rendait dans la pièce voisine, Lémok entraîna Naal dans une sorte de réduit. Il ouvrit un coffre énorme duquel il sortit quelques vêtements usagés, divers ustensiles qui ne servaient pas. Il fouilla le fond, prit un objet qu'il montra à Naal.

— Tu sais ce que c'est ?

Naal examina l'objet. Ce dernier avait une forme curieuse. On aurait dit un cylindre coudé, gros comme deux fois un doigt, et comportant deux renflements. Il mesurait une quinzaine de centimètres et possédait une petite aspérité qui coulissait dans une gorge. Sous l'un des renflements, il y avait un anneau assez large pour qu'on pût y introduire la première phalange de l'index.

— Cela se tient de cette façon, dit Lémok. C'est une arme !

— Une arme ? fit Naal. Je ne vois là rien de bien dangereux...

— Détrompe-toi ! Ceci est plus terrible qu'une épée ! On peut tuer à distance !

Naal ouvrit de grands yeux.

— Comment est-ce possible ?

— J'ignore le fonctionnement interne de cette arme,

dit Lémok. Tout ce que je sais, c'est que lorsque l'on débloque ce petit cran et qu'on pousse vers l'avant, on peut tirer...

— Tirer ? Tirer quoi ?... Il n'y a pas de flèches !

— Cela ne fonctionne pas avec des flèches, Naal... Si tu appuies sur cet anneau, une lumière vive sort du cylindre. Tu vois ? Juste ici... Et cette lumière est capable de détruire le métal le plus dur !

Incrédule, Naal demanda :

— Où as-tu trouvé cela ?

— Le père de mon père la possédait déjà. Et lui-même la tenait de l'un de ses vieux parents. Cette arme, dont j'ignore le nom, est très ancienne mais elle n'a rien perdu de son efficacité... Je l'ai essayée une fois. Tiens ! A présent, elle est à toi. Mais fais très attention !

Naal balbutia quelques paroles de remerciement.

— Lorsque tu ne t'en sers pas, ajouta Lémok, il faut remettre cette petite pièce de métal à sa position première... Là, comme ça...

Naal prit l'arme, la cacha soigneusement sous ses vêtements.

— Lémok... ?

— Oui, Naal ?

— Hum !... J'ai... Cela me peine... J'aimerais rester, mais...

— N'essaye pas de m'expliquer, Naal. Fais ce que tu dois faire...

Naal n'insista pas.

Les deux hommes revinrent dans la grande salle où Salma les attendait. Sur la table, le sac était prêt.

Sans un mot, Naal saisit le sac de peau, passa un bras dans la boucle formée par la courroie. Il ramassa les

cartes noires qu'il glissa dans l'une de ses poches, non
sans avoir séparé la carte générale des autres.

— Je suis prêt ! annonça-t-il.

Salma se jeta dans ses bras. Il l'embrassa longuement, ne murmurant aucune parole d'adieu. Elle non
plus ne parla pas, mais elle avait des larmes dans les
yeux. Naal serra ensuite les deux mains de Lémok puis
il sortit et s'éloigna sans se retourner. Ses bottes
claquaient sur le pavé encore humide.

La nuit l'absorba.

Il ne pleuvait plus. Le ciel était piqué d'étoiles. Un
très beau ciel qui ne faisait rêver que les ménestrels
égarés...

Naal allait quitter Xaar et il n'y reviendrait jamais !
Il partait, définitivement ! Bientôt, il franchirait
l'énorme portail, se trouverait pour la première fois
hors des murs de la ville.

Il serait libre !

LIBRE

— Ta carte !

C'était un ordre, et non pas une invitation. Le ton
était cassant, et la voix désagréable. Naal, pourtant,
n'attacha aucune importance à ces détails. Il sortit
« sa » carte, c'est-à-dire la carte générale des Noirs. Il
la tendit à l'officier.

C'était la première fois qu'il voyait un Ougoul
d'aussi près. Il le détailla des pieds à la tête. L'officier
était vêtu d'un uniforme écarlate, très collant, sans
décoration superflue, portant simplement sur la poitrine l'insigne de son grade : un point blanc. A sa
ceinture pendait une épée. Mais ce que Naal remarqua
particulièrement, ce fut le casque que l'officier portait.

Un casque qui luisait et qui était surmonté d'un panache de même couleur que l'uniforme.

— Ton nom est bien Naal ?

— Naal Hama, oui. C'est marqué sur la carte, non ?

— Alors, si tu es bien Naal, tu vas nous suivre !

— Vous suivre ?… Pourquoi ? Je suis en règle, il me semble !

— Il te semble ! Justement !

L'officier ricana.

— Tu veux que je te dise pourquoi tu dois nous suivre ?

— J'aimerais bien le savoir !

— Tu viens de tuer un homme !

Naal se sentit pâlir. Son sang se glaça. Cette affirmation de l'officier n'avait pas à être discutée. De toute évidence, la mort de Graam était connue.

Ironique, l'Ougoul demanda :

— Tu veux voir ta victime ?

Le piège se refermait. Voogh avait dû mettre sa menace à exécution et dénoncer Naal, mais au lieu de dire que Graam avait été tué la veille, il avait déclaré que le meurtre venait d'avoir lieu. Voogh s'était très certainement arrangé pour que la plaie faite par le couteau paraisse récente, sachant très bien que les Ougouls n'y auraient pas regardé à deux fois. Et l'habile homme avait également compté sur l'intelligence de Naal, supposant que celui-ci, d'une manière ou d'une autre, serait parvenu à obtenir une carte noire ! Naal n'était donc plus un irresponsable et, de ce fait, il pouvait être accusé de meurtre !

Naal pensa à tout cela. Mais que faire ? Dire que Graam avait été tué la veille ? Faire appel aux témoins ?… Ridicule. Cela équivalait à avouer qu'il était le meurtrier. Quoi qu'il fasse, il se trouvait coincé.

Un homme sortit de l'ombre. Naal le reconnut immédiatement.

— Voogh !... Je savais bien que tu n'étais pas loin !

— Hé ! Je t'avais dit qu'on se retrouverait !... Tu vois, il ne m'a pas fallu longtemps. Devine ce qui va t'arriver, maintenant ?... Le conditionnement ! L'esclavage !

— Je pourrais peut-être raconter ton petit commerce ?

— Essaye ! Tu n'ignores pas qu'un condamné n'est jamais écouté !

— Va au diable !

Voogh fut quelque peu surpris de cette réplique. Il s'approcha de Naal.

— Où dois-je aller ?

— Au diable ! répéta Naal.

— C'est quoi ça ?... C'est quoi « au diable » ?

— Je n'en sais rien.

— Assez discuté, intervint l'Ougoul. On t'emmène !

Là-dessus, il fit signe à ses hommes. Depuis que Naal s'était approché des portes de la ville, il était entouré par six Ougouls lesquels, maintenant, le menaçaient de la pointe de leur épée.

Au moindre faux mouvement, il serait abattu. Oh ! Il n'était pas question de le tuer ainsi, sur place. On ne tuait pas. On blessait, puis on prolongeait les souffrances de la victime. Naal le savait. Aussi, il ne tenta pas de se servir de l'arme que Lémok lui avait donnée. Résister était inutile. Il se laissa entraîner par les six gardes et se mit en marche sans protester.

C'était juste au moment où il rêvait de liberté qu'il

avait été pris. Il se rendit compte du bien-fondé de sa décision : s'il était resté avec Lémok, il serait devenu un Régulier risquant d'être un jour reconnu. A cette pensée, Naal eut un pauvre sourire. Sa situation n'était guère plus brillante que celle qu'il évoquait. Compromis, son avenir ! Définitivement ! A moins de tenter de fuir avant le conditionnement... Après tout, il possédait une arme terrible...

Marche forcée dans les ruelles de la ville noire.

Un mur. Un mur que Naal avait franchi la veille.

La ville bleue endormie, silencieuse. De belles maisons, des arbres, des rues bien entretenues...

Un autre mur.

La ville jaune. Qui ressemblait tellement à la ville bleue si on exceptait la couleur !

Et puis ce fut l'énorme enceinte du grand parc. Un parc au milieu duquel se tenait le Palais.

Il n'avait pas fallu moins d'une heure pour arriver là, devant l'imposante porte de métal.

— Avance !

Naal pénétrait dans le parc pour la première fois. Il ne vit pas le Palais, lequel devait se dresser à un ou deux kilomètres de là.

— A droite ! ordonna l'officier. Avance plus vite !

Le groupe longea le haut mur intérieur, suivant une allée recouverte d'un gravier blanc qui crissait sous les pas. Il arriva devant un grand bâtiment sans beauté, s'arrêta.

L'officier laissa ses hommes ainsi que son prisonnier, pénétra dans le bâtiment dont les fenêtres étaient très éclairées. Son absence fut de courte durée. Il revint, donna un ordre :

— Direction : la salle Alpha !

Le groupe emprunta une autre allée. On marcha pendant dix bonnes minutes. Naal regrettait que ce fût la nuit. Une nuit particulièrement noire, car les grands arbres qui bruissaient doucement semblaient étreindre l'obscurité.

La salle Alpha...

Un autre bâtiment, curieux, celui-là. Il avait la forme d'une demi-sphère. Sa couleur blanche permettait de le distinguer assez bien.

— Entre ! dit l'officier en ouvrant une porte.

Naal hésita un peu mais obéit. Derrière lui, la porte se referma.

Il se retrouvait seul. Dans le noir.

A tâtons, il avança, ayant compris qu'il se trouvait dans un couloir. Il trouva une autre porte qui s'ouvrit quand il la poussa.

La lumière qui régnait dans la salle lui fit cligner des yeux. Il fit quelques pas, regarda autour de lui. Il découvrait un univers étrange et coloré ; un univers inconnu, secret, qui vivait, qui palpitait.

La paroi intérieure de l'hémisphère était garnie de petites boules lumineuses qui semblaient courir. Elles s'allumaient et s'éteignaient à une vitesse si grande que Naal avait beaucoup de peine à suivre ce mouvement.

Lentement, il fit le tour de la salle, promena ses doigts sur les minuscules proéminences qui donnaient une lumière bien plus forte que celle que produisait la flamme d'une chandelle. Cela ne dégageait aucune chaleur. Cela n'était pas du feu...

Une boule d'angoisse empêchait Naal de déglutir. Effaré, il tournait sur lui-même, essayant de comprendre.

Sur le sol, il remarqua un disque de métal. Un disque qui avait environ deux mètres de diamètre, et dont l'épaisseur n'excédait pas un pouce. Naal le regarda longuement, sans bouger. Puis il s'avança, posa un pied. Rien ne se produisit. Mais Naal ne parvenait plus à détacher son regard de ce plan circulaire qui l'attirait irrésistiblement. A chaque seconde qui s'écoulait, l'attraction devenait plus forte. Naal y céda.

Il grimpa sur le disque. L'attraction cessa. Levant la tête, il aperçut une sorte de coupe renversée taillée dans une matière transparente.

Où se trouvait-il ? Quel était cet endroit ? Était-ce une prison ? Était-ce... ?

Un cylindre de lumière l'enveloppa. Un cylindre de lumière rutilante qui reliait le disque métallique à la coupe transparente.

Naal s'affola. Il voulut quitter la place qu'il occupait mais il se heurta à un mur. La lumière était solide ! Il ne pouvait pas la traverser ! Il était prisonnier de cette lumière rouge.

Cela dépassait son entendement. Fébrilement, il promena ses mains sur la surface rouge, poussa de toutes ses forces, geste puéril qui ne fit que confirmer sa petitesse.

Brusquement, Naal se souvint de l'arme de Lémok. Si cette arme était capable de détruire le métal, pourquoi ne détruirait-elle pas aussi cette lumière solide ?

Naal s'en empara, effectua le réglage, la tint comme Lémok lui avait montré et tira. Un éclair fulgurant jaillit, s'écrasa sur le cylindre. Le mur était toujours là ! Naal tira une seconde fois, puis une troisième. Sans résultat.

Ce que Naal ignorait, c'est que l'énergie dégagée par l'arme était immédiatement absorbée par le mur cylindrique.

Il demeurait prisonnier.

« Lémok s'est trompé, pensa-t-il. Cette arme ne vaut rien. »

Rageusement, il la jeta.

C'est alors qu'il sentit sur ses épaules un poids formidable. Un poids qui le fit tomber. Au-dessus de lui, il aperçut une vrille de lumière bleue qui descendait, l'écrasait. Il crut que son thorax allait éclater. Il avait horriblement mal. On aurait dit que mille pinces s'attaquaient à ses os.

Il n'était pas de taille à résister à cela. Il se débattait, ouvrait largement la bouche pour aspirer un peu d'air, tentait désespérément de se relever, s'aidant des genoux, des pieds, des mains...

Il étouffait. Son visage était bleu.

La pression qui s'exerçait sur lui l'amenait au paroxysme de la douleur.

Pourtant, ce n'était pas terminé.

Des sons stridents emplirent le cylindre ; des sons qui s'infiltraient dans son cerveau. C'étaient des pointes d'acier qu'on enfonçait, toujours plus profondément.

Naal hurlait comme un dément. Il se tenait la tête à deux mains, se tordait, tentait d'échapper à cette souffrance intolérable.

Cette torture, cependant, éveilla en lui cet état second qui lui était particulier. Une nouvelle fois, il vit des images qui défilaient. Des clichés imprécis qu'il ne comprenait pas, qui n'appartenaient pas au monde qu'il connaissait. Mais il se sentit fort, mieux disposé à lutter, à résister à cette force qui continuait à l'écraser.

Il respirait difficilement, criait à se briser les cordes vocales lorsque les aiguilles, dans son cerveau s'enfonçaient plus fort. Il s'épuisait. Il ne pouvait pas combattre l'invisible.

Était-ce cela qu'on appelait le conditionnement ?

Fou qu'il était ! Comment avait-il pu espérer s'en tirer ?

Il fit un dernier effort, concentra son esprit sur les clichés qu'il recevait, désira arracher ce voile mouvant, ce « voile vaporeux » qui lui masquait la vérité.

Une à une, les aiguilles de feu se retirèrent.

Le poids disparut.

Naal fut soulagé. Ce qu'il venait de vivre avait été de courte durée, mais ses souffrances avaient été terribles. A présent, il ne sentait plus rien, mais il ne recevait plus de clichés. Durant quelques minutes, il demeura étendu sur le disque métallique, n'osant esquisser le moindre geste. Il était toujours vivant. Le cylindre l'avait même libéré.

Naal jeta autour de lui un regard rapide, puis il se releva en titubant.

Il fit un pas mal assuré, vacilla pour finalement s'écrouler.

CHAPITRE V

Lorsque Naal ouvrit les yeux, il constata qu'il n'était pas seul. Le premier visage qu'il vit fut celui d'un vieil homme à la barbe et aux cheveux blancs. Il se redressa vivement, inspecta les lieux avec une légitime curiosité.

Il ne se trouvait plus dans la salle aux lumières, mais dans un milieu souterrain éclairé par ces boules qu'il avait déjà remarquées. L'endroit était vaste. Une salle immense, sans forme déterminée, dont les murs étaient de pierre brute.

Naal avait repris ses sens dans l'un des recoins de ces lieux bizarres. Il était totalement désorienté. A une dizaine de mètres de lui, des hommes et des femmes en haillons, des êtres sales aux yeux fixes, travaillaient debout, côte à côte. Ils étaient répartis autour d'une longue table, exécutant les mêmes gestes, maniant des outils, paraissaient jouer avec de curieuses constructions métalliques.

Il régnait un bruit infernal. Un vacarme produit par l'addition des sons les plus divers.

Naal comprit qu'il était parmi les esclaves.

De nouveau, son regard rencontra celui du vieillard.

— Qui es-tu ? demanda Naal.

L'homme aux cheveux blancs eut un haut-le-corps. Il se traîna sur ses genoux, s'assit sur ses talons, approcha une main tremblante des lèvres de Naal. Son visage s'éclaira.

— Tu parles ! Tu parles ! dit-il avec émotion. C'est incroyable !

Naal fronça les sourcils.

— Eh bien ! oui, je parle ! Mais toi aussi, tu parles ! Qu'y a-t-il d'étonnant ?

— Tu parles..., répéta le vieillard de sa voix fluette.

— Mais enfin ! Vas-tu m'expliquer ?... Qui es-tu ?

Le vieil homme éleva ses mains à la hauteur de ses yeux, les réunit en se croisant les doigts et serra comme s'il avait voulu chasser le tremblement qui les agitait. Ses bras étaient maigres, privés de force.

— Qui je suis ?... Il y a tellement longtemps que je suis ici... Autrefois, je m'appelais Arik.

— Autrefois ?... Pourquoi « autrefois » ?

Le vieillard contempla ses mains à la peau parcheminée, ses doigts terminés par des ongles noirs.

— Ici, nous n'avons plus de nom, car personne ne le prononce jamais. ICI, PERSONNE NE PARLE, tu comprends ? PERSONNE !... Tous ceux que tu vois, là, hommes ou femmes... du moins ce qui en reste, sont muets. Ils travaillent sans cesse et ne s'adressent jamais la parole. C'est ainsi depuis toujours !

Naal découvrit toute l'horreur de la condition d'esclave. L'endroit était une vaste fourmilière où n'existait aucune communication.

— Mais tu parles, toi ! dit Naal. Comment cela se fait-il ?

Arik haussa ses maigres épaules.

— Autrefois, j'étais comme eux. Je travaillais.

J'étais obligé... C'était... comment te dire ? C'ÉTAIT UN BESOIN PERMANENT ! Il fallait absolument que j'occupe mes mains, mes bras... J'étais très malheureux quand arrivait la période de repos... Un jour, pourtant, un changement s'est produit en moi. On aurait dit que je me réveillais. Je pouvais parler, je ne me sentais plus ce besoin de travailler, je n'étais plus malheureux lors des périodes de repos... Je n'étais plus semblable aux autres... Mais je n'ai rien dit aux Ougouls. Rien du tout ! Sinon, ils m'auraient conduit dans leur salle de tortures !

— La salle de tortures !... Je la connais ! J'ai eu très mal... La lumière me faisait mal. C'est une lumière qui tue l'homme !

— Et tu as résisté ! Tu parles encore !... C'est extraordinaire ! Je n'arrive pas à y croire... Toi non plus, tu n'es pas comme eux !... Mais écoute ! Il ne faut pas que les Ougouls le sachent, sinon ils t'emmèneront dans la salle de tortures !... Ne t'éloigne jamais de moi. Tu feras tout ce que je ferai... Quel est ton nom ?

— Naal Hama. Mais appelle-moi Naal, tout simplement.

— Bon ! Entendu pour Naal... Tu verras, les Ougouls viennent deux fois par jour... Euh ! J'appelle un jour ce qui correspond à une période de travail et à une période de repos.

— Les Ougouls viennent ici ?

— Oui. Les uns apportent notre nourriture juste avant la période de repos. Les autres viennent quelques instants avant la reprise du travail...

— Il n'y a donc que deux repas ?

— Non. Un seul !

— Un seul repas ?... Dans ce cas, pourquoi les

Ougouls viennent-ils deux fois ? Ils viennent pour surveiller ?

— Non... Tu auras l'explication lorsque tu les verras. Je ne comprends pas ce qu'ils font... Tu sais, lorsqu'ils sont là, je me tiens loin d'eux, car il suffirait que l'un des Ougouls remarque que mes yeux bougent pour qu'on m'emmène... Écoute-moi, Naal. Lorsque les gardes viendront, il te faudra éviter tout mouvement ! Ainsi, on te laissera tranquille !

— Fort bien, dit Naal. Seulement, comment saurons-nous à quel moment il faudra nous mettre au travail ?

— Je le sais, moi !... Tu vois cet homme, là ?... Le premier ?... Celui qui tient une grosse pince ?

— Oui. Et alors ?

— Il fait deux pièces entières durant la période de travail. Comme ses gestes sont réguliers, le temps qu'il met pour faire ces deux pièces est invariable. Il nous suffit de le regarder... Lorsque la deuxième pièce sera presque terminée, nous choisirons notre place de travail... Mais on peut également surveiller la porte. Celle que tu vois en face de toi... Au-dessus, il y a une petite boîte de couleur qui s'allume lorsque la porte va s'ouvrir. A partir de cet instant, on a juste le temps de se rendre à la grande roue.

— La grande roue ?

— On ne l'aperçoit pas d'ici... Mais je te la montrerai. Tu as compris ce que tu dois faire ?

— Ce n'est pas compliqué !

Naal resta pensif. Il se plongea dans toutes sortes de pensées, songea à sa vie d'esclave. Il pensa à Salma, à Lémok, à Voogh, aux Bleus, aux Jaunes, aux Noirs.

— Tu n'as jamais cherché à t'échapper ? demanda-t-il tout à coup.

— M'échapper ? Non... Je suis trop vieux...

— Mais puisqu'il n'y a aucun Ougoul !

— C'est vrai... Mais il n'existe qu'une seule porte ! Et elle ne s'ouvre pas souvent ! De toute façon, de notre côté, on ne peut rien faire. J'ai essayé... Et puis, je te l'ai dit, je suis vieux. Je finirai mes jours ici...

Naal ne répliqua pas. Il commençait à regretter de n'avoir pas accepté l'offre de Lémok. S'il était devenu un Régulier, il aurait pu échapper à l'esclavage. A présent, il était trop tard.

Mais comment se faisait-il qu'il ne ressemblait pas aux autres esclaves ? Le conditionnement n'avait-il eu sur lui aucun effet malgré les souffrances qu'il avait subies ?

Il se leva.

— Arik, dit-il, j'aimerais savoir tout ce qui se passe ici... Tu es sûr qu'il n'y a qu'une seule porte ?

— Absolument sûr !... Mais viens, puisque tu le désires... Aide-moi à me relever...

Naal prit le vieillard sous les bras, le souleva sans effort.

Arik le précéda, avançant lentement, s'appuyant sur un morceau de bois qui lui servait de canne.

— Regarde, Naal... Ceux-là construisent des pièces métalliques. Ils ont tous une pièce à travailler. Lorsqu'elle est terminée, ils recommencent...

— A quoi servent ces pièces ?

— Je l'ignore... Lorsqu'il y en a une quantité suffisante, les Ougouls les prennent...

Les deux hommes passaient près des esclaves, les approchaient, parlaient auprès d'eux, mais ces derniers ne les voyaient pas. Ils travaillaient, utilisant leurs outils, les yeux fixés sur leur pièce de métal ou de bois.

— Combien y a-t-il d'esclaves ? demanda Naal.

— Deux ou trois centaines, répondit Arik. Ils travaillent le métal, le bois, taillent la pierre, fabriquent des épées, des poutres, des meubles, enfin tout ce qui est utile à ceux de la surface.

Ils avançaient. Naal s'étonnait de voir l'habileté de chaque esclave.

— Qu'étais-tu, Arik ?... Un Noir ? Un Jaune ? Un Bleu ?

— J'étais un Jaune, Naal. Un Jaune qui n'approuvait pas la manière de vivre des Jaunes !... Un jour, j'ai quitté le secteur pour me mêler aux Bleus. Je n'ai pas trouvé grande différence sur les principes... Et chez les Noirs, ma déception a été plus grande encore... Euh ! Je te précise que je n'avais que ma carte jaune et que je me procurais les vêtements nécessaires afin de passer inaperçu... Tiens ! Voilà la grande roue dont je te parlais tout à l'heure...

Naal s'arrêta, bouche bée devant l'abominable spectacle.

Dans ce secteur de l'immense salle souterraine, une énorme roue tournait, mue par la seule force des hommes. Une roue de métal d'environ cinq mètres de diamètre, traversée par un axe qui partait du sol pour crever le plafond. Une roue dont les huit rayons se prolongeaient hors de ce qu'il convenait d'appeler son périmètre ; chacun de ses rayons recevant la poussée d'une douzaine d'esclaves !

Et l'axe tournait en même temps que la roue, semblant creuser un trou dans le plafond de la salle.

— Qu'est-ce que c'est que ça ? fit Naal, au bout d'un moment. A quoi ça sert ?

— Encore des questions auxquelles je ne te répondrai pas, Naal, dit Arik en soupirant. Pendant des heures et des heures, ces hommes et ces femmes

tournent en un mouvement régulier. Je ne sais pas
pourquoi... C'est partout pareil ! Tout paraît inutile...
Crois-moi, Naal, j'ai bien souvent observé ces gens, et
je n'ai jamais su à quoi servait leur travail !... A part
ceux qui construisent des meubles, ceux qui taillent les
pierres, tous me semblent inutiles.

Arik soupira encore.

— Viens, Naal !

Ils firent quelques pas. Naal se sentait gagné par un
sentiment de révolte qui s'amplifiait de minute en
minute.

« Les malheureux ! pensa-t-il. Pauvres gens !... Si je
pouvais faire quelque chose pour eux... Mais quoi ? Je
suis prisonnier, moi aussi... Tout cela m'est insupportable ! Jamais je n'admettrai que ces hommes et ces
femmes soient réduits à l'état de... »

Naal buta sur le terme.

« A l'état de... »

Il chercha un mot. Il savait que ce mot existait, mais
dans son esprit, ce mot n'était pas encore tout à fait une
image.

Ce mot vint brusquement. Il compléta sa phrase à
haute voix :

— A l'état de ROBOTS ! dit-il. DES ROBOTS !
CE SONT TOUS DES ROBOTS !

Il répéta encore :

— Ro-bot. Ro-bot. Ro-bot... Comme les Bleus !
Comme les Jaunes ! Comme les Noirs !... Tous des
robots !

— Mais qu'est-ce que tu racontes ? lui demanda
Arik.

Naal parut émerger d'un rêve, se troubla. Comment
ce mot lui était-il venu ? Ce mot dont il ignorait encore
le sens exact ?... C'était comme l'expression qu'il avait

employée et qui avait intrigué Voogh : « va au diable ! ».

Parfois il lui arrivait de prononcer des mots nouveaux. Des mots qu'il avait l'impression de RECONNAÎTRE...

— Qu'est-ce que tu disais, Naal ?

— Oh !... Rien, Arik. Rien... Poursuis ton récit...

Arik n'insista pas.

— Hum ! Où en étais-je, déjà ?... Ah ! Je te disais que je n'avais que ma carte jaune... Figure-toi qu'un jour je suis sorti de Xaar !

Naal se planta devant le vieillard.

— Tu es sorti de la ville ?

— Oui ! J'ai dit aux Ougouls que je voulais voir de près l'un de ces châteaux pour me rendre compte de l'effet que cela produirait si on peignait les murs en jaune !... Naturellement, ils m'ont laissé passer... Seulement, au lieu d'aller voir un château, je me suis enfui !

— Enfui ?... Où es-tu allé, Arik ? Où ?

Arik prit un temps, fouilla dans ses souvenirs afin de les ordonner ou de n'en oublier aucun, parut rêver quelques instants.

— Où es-tu allé ? le pressa Naal.

— Loin, répondit Arik. Très loin... J'ai marché pendant deux jours.

— Pendant deux jours ?... Mais... Les pièges ? Les animaux sauvages ?

— Quels pièges ? Quels animaux sauvages ?... Je n'ai rien vu de tel !

— Mais les Noirs disent que l'on ne peut survivre hors des murs de Xaar !

— Les Noirs sont des imbéciles !... Au contraire, loin de la ville, tout est beau... Les arbres, les fleurs...

Et les oiseaux... Et puis ces êtres merveilleux qui
vivent au bord d'un lac... Ces hommes bons, ces
femmes si belles...

— Arik !... Tu as vu des hommes ? Tu veux dire des
esclaves qui cultivent la terre ?

— Non... Des hommes libres... Leur groupe se
compose d'une trentaine de représentants des deux
sexes...

— Incroyable ! fit Naal. Pourquoi n'es-tu pas resté
avec eux ?

Arik eut un sourire amer.

— J'aurais aimé rester, dit-il, mais je voulais que
d'autres profitent de ma découverte... De retour à la
ville jaune, j'ai raconté ce que j'avais vu... On ne m'a
pas cru. On m'a injurié. On a dit que j'étais un
agitateur, que j'étais un traître à ma couleur !... On m'a
rejeté !... Je pouvais aller chez les Bleus, mais on ne
m'aurait pas écouté davantage, aussi j'ai tenté l'impossible, désirant entraîner d'autres Jaunes vers cette vie
nouvelle faite de liberté... Alors, les Ougouls sont
venus. Tu devines la suite...

— Oh ! Très bien ! dit Naal.

Autour d'eux, les esclaves faisaient vivre cet univers
hallucinant. Ces hommes, ces femmes ressemblaient à
ces objets métalliques dont certaines parties bougeaient
toutes seules. Ce qui frappait le plus, c'étaient leurs
yeux fixes, des yeux dont les paupières étaient immobiles.

Naal les regardait. Il remarqua que certains esclaves
portaient un bandeau blanc sur lequel des lettres et des
signes étaient écrits.

A+, A−, O, AB...

— Qui sont ceux-là, Arik ? Pourquoi portent-ils un
bandeau ?

— Tout ce que je sais, c'est que les Ougouls viennent pour eux... Tu verras. Peut-être comprendras-tu ?

— Cet endroit ressemble aux mondes que l'on voit parfois en rêve, Arik... C'est effrayant !

— Tu t'habitueras, Naal. Dans quelques jours, tout te paraîtra parfaitement normal. Ces hommes, ces femmes, tu ne les remarqueras plus. Pour moi, ils sont morts !... D'ailleurs, ne le sont-ils pas vraiment ? Regarde-les ! Ils ne parlent plus, ne pensent plus, n'ont plus d'autre désir que celui de travailler... Ils n'ont plus rien d'humain, tu ne crois pas ?

— Plus rien d'humain, en effet !... Mais les Jaunes ? Les Bleus ? les Noirs ? Ont-ils quelque chose d'humain, eux ? Ne sont-ils pas, comme ces malheureux, prisonniers de leur condition ? Sont-ils capables de concevoir une autre vie ?... Non ! Ils rejettent ! Ils jugent ! Ils classent ! Ils trient ! Ils ordonnent ! Et ils se voilent la face quand cela les arrange !

— Tu as raison, Naal... J'ai dit tout cela avant toi. Et c'est pour cela que je suis ici ! Mais tout ce que tu diras, maintenant, n'a plus de valeur. Nous sommes des esclaves ! Et, ce qui est pire : nous sommes des esclaves lucides !

— Nous ne resterons pas ici, Arik ! Nous allons fuir !

— C'est impossible !... De toute façon, même si une possibilité s'offrait, je ne pourrais pas te suivre !

— Oui... Mais je veux tout de même essayer ! Il existe certainement un moyen ! N'oublions pas que les Ougouls sont convaincus que les esclaves ne peuvent, en aucun cas, se révolter ni même tenter de fuir puisqu'ils ne possèdent plus de volonté propre... Tu me suis ?

— Parfaitement !

— Dans ce cas, les Ougouls n'exercent sur eux aucune surveillance. Pourquoi se méfieraient-ils ?

— Très juste. Continue...

— C'est cela qu'il faut exploiter ! Nous devons jouer sur le fait que les Ougouls ne se méfient pas de nous !

— As-tu un plan ?

— Pas encore, mais je vais réfléchir.

— Bon. En supposant que tu parviennes à sortir d'ici, où iras-tu ?

— D'abord, je me cacherai s'il fait jour. J'attendrai la nuit et je quitterai Xaar !... Ne m'as-tu pas dit qu'il y avait des hommes libres qui vivent près d'un lac ?

— Si... Mais je ne pense pas que tu parviennes jusqu'à eux...

— Je ferai l'impossible, Arik ! L'impossible !

Arik toisa son jeune compagnon de misère.

— Après tout, dit-il, pourquoi pas ?... Tu possèdes toute ta raison. Tu inventeras des ruses pour tromper les Ougouls, les Jaunes et les autres... Oui... Pourquoi pas ?

— Je quitterai Xaar, Arik !... Dis-moi comment je trouverai les hommes libres... Viens ! Viens t'asseoir. Nous mangerons ensemble... Tiens ! Regarde ! J'ai de quoi manger, là-dedans...

On lui avait laissé son sac de peau. Naal l'ouvrit, en retira du pain et de la viande fumée.

— Le pain est un peu écrasé, fit Naal, mais nous nous en contenterons...

Le vieillard, médusé, avala péniblement sa salive. Ses yeux s'emplirent de larmes.

— Du pain ! s'exclama-t-il. De la viande !...

Tremblant, il tendit ses deux mains et ajouta :
— Il y a si longtemps que je n'ai rien mangé de semblable...

CHAPITRE VI

Naal se réveilla après quelques heures de sommeil. L'engourdissement l'avait gagné peu après qu'il eût avalé cette petite boule verte. Une boule de pâte, tendre, sucrée, qui n'était ni bonne ni mauvaise.

Quand Arik lui avait donné le signal, Naal s'était rendu à la grande roue, se mêlant aux esclaves. Il avait calqué tous ses gestes sur ceux des autres, s'était efforcé de se composer un visage figé et froid, un visage inexpressif.

Il avait tourné, appuyant sur la barre qui arrivait à hauteur de ses épaules. La grande roue grinçait.

Et il y avait eu un grand bruit semblable à un long cri. Immédiatement, les esclaves avaient abandonné leur position pour se ranger les uns derrière les autres, muets et disciplinés. Il n'y avait eu aucune bousculade. Chaque homme, chaque femme avait pris sa place.

Naal avait suivi Arik. Il avait vu la porte s'ouvrir.

Naal se souvenait de cette scène qui l'avait profondément marqué. Une scène qu'il ne pourrait jamais oublier. Les esclaves à demi nus, avançaient lentement, le regard vide. Ils avançaient, tendant la main,

mendiant cette petite boule verte qui constituait leur
unique repas.

Deux Ougouls distribuaient cette nourriture, cette
boule de pâte qui calmait la faim mais qui provoquait
également le sommeil.

Naal avait tendu la main. Les Ougouls n'avaient rien
remarqué lorsqu'il était passé devant eux. Pourtant,
furtivement, il avait lancé un regard vers la porte et
avait vu que celle-ci était restée ouverte ; le panneau de
métal était entré dans le mur de pierre et n'était pas
ressorti.

Naal se souvenait des moindres détails.

Après avoir avalé son « repas », il était allé s'asseoir
près d'Arik. Patiemment, sans broncher, il avait
attendu la fin de la distribution. Ses yeux avaient
ensuite suivi tous les gestes des Ougouls. Ces derniers
étaient repartis, emmenant leur chariot, et Naal avait
vu l'un d'eux appuyer sur une petite chose ronde.
Aussitôt, la porte s'était refermée.

Il se souvenait...

Il se réveilla plus vite que les autres esclaves,
s'adossa au mur. Il rêvait du peuple du lac. Toutes les
paroles d'Arik demeuraient gravées dans son esprit. Il
savait maintenant que la liberté existait quelque part,
et il en connaissait le chemin.

— Ah ! fit Arik, tu es réveillé ?...

— Il y a un moment.

Arik tendit le bras, décrivit un arc de cercle.

— Pour eux aussi le sommeil est terminé. Cela
signifie que les Ougouls ne vont pas tarder à revenir.

— Il faudra attendre longtemps ?

— Non. En principe, lorsque tout le monde est
debout, les Ougouls se montrent...

— J'aimerais voir ce qu'ils vont faire, Arik.

— Simple. Tu n'as qu'à rester derrière un groupe qui n'est pas marqué... Va là-bas, tu seras près des Ougouls...

Naal suivit le conseil de son ami. Il alla se placer derrière une rangée d'esclaves immobiles. Il pourrait voir sans être vu,

Voir, et peut-être comprendre. Il étudierait les chances qu'il possédait pour tenter une évasion. Car, il en avait eu confirmation, les Ougouls ne se méfiaient aucunement des esclaves. Ils étaient depuis trop longtemps habitués à leur passivité. D'ailleurs, aucun esclave n'avait jamais eu un seul geste de révolte. Et c'était là, précisément, la grande chance de Naal ! Tromper les Ougouls serait facile, d'autant qu'ils étaient, eux aussi, conditionnés ! Le Jaune pensait jaune, et l'Ougoul pensait ougoul ! Leur travail était un travail de routine, un rôle appris par cœur. Ils étaient là pour faire régner un certain ordre, pour maintenir une « certaine harmonie » dans Xaar. Naal pensait que le moindre événement nouveau provoquerait chez eux un sentiment de panique.

Oui. Il quitterait ces lieux infâmes, et il irait vivre loin de Xaar, parmi les hommes du lac.

Le cœur battant, il attendait.

— Attention ! lui souffla Arik, la boîte vient de s'éclairer. La porte va s'ouvrir...

Naal se raidit. Son visage n'eut plus le moindre tressaillement.

Le panneau coulissa, livrant passage à quatre Ougouls, l'un d'eux poussant un chariot sur lequel étaient disposés des récipients de toutes formes et divers objets que Naal ne connaissait pas. Les Ougouls ne possédaient pas d'épée. Seulement, ils étaient quatre ! Et quatre hommes, c'était beaucoup pour Naal.

Les esclaves dont la tête était serrée par un bandeau se groupèrent dans un parfait silence. C'était presque un rite. Ils montraient la même discipline qu'au moment du repas.

Sans hâte, ils s'assemblèrent selon leur signe distinctif. Les « A+ » avec les « A+ », les « O » avec les « O », etc. Ils formèrent ainsi plusieurs colonnes, attendant un signe des Ougouls.

La colonne formée par les « AB » se trouvait à quelques pas de Naal. Le premier du rang tendit son bras gauche à l'Ougoul qu'il avait en face de lui. L'Ougoul prit un morceau de tissu blanc sur lequel il versa un liquide qui ressemblait à de l'eau. Aussitôt se dégagea une odeur particulière qui déplut à Naal.

Avec le tissu mouillé, l'Ougoul frotta énergiquement l'endroit où le bras se plie, puis il s'empara d'une sorte d'aiguille prolongée par un petit cylindre transparent.

Naal frissonna lorsqu'il vit l'aiguille pénétrer dans la chair de l'homme. Et il dut lutter contre lui-même pour conserver son calme quand il s'aperçut que du sang montait dans la seconde partie de l'aiguille.

Il avait la gorge sèche. Ses dents lui faisaient mal, tellement il serrait les mâchoires.

Que voulait dire cela ? Pourquoi prenait-on le sang des esclaves ?

Et pourquoi à certains esclaves seulement ?

Une nouvelle fois, Naal frissonna. Il vit l'Ougoul, impassible, vider le sang dans un gros récipient marqué « AB » puis recommencer les mêmes gestes avec l'esclave suivant.

Il en était de même pour les « A+ » et les autres ! On leur prenait leur sang.

A quelles fins ?

Ce n'était pas la vue du sang qui faisait frémir Naal, mais tous ces objets étalés sur le plateau supérieur du chariot ; tous ces instruments qui luisaient... Et puis, il y avait cette odeur désagréable qui parvenait à éliminer celle de la sueur et celle de la crasse.

Et ces aiguilles qui pompaient le sang dans les bras des esclaves !

Quelle autre monstruosité était-ce là ?

Naal se sentit mal à l'aise. Tout ce qui se déroulait sous ses yeux lui paraissait fantastique, hors de son entendement. Ce qu'il voyait n'avait aucun sens, aucune raison d'être. Que pouvaient bien faire les Ougouls avec ce sang ?

Des clichés vinrent l'assaillir ; images qui défilaient trop rapidement. L'émotion que Naal ressentait provoquait une fois de plus ces troubles dont il n'était pas maître. Dans ces moments-là, il était comme ivre. Tout son être subissait le phénomène.

Naal serra les poings. Réaction qui passa inaperçue. Il devait se contrôler, prendre le pas sur cet état second. Il devait maîtriser ces images !

Une lutte intérieure s'engagea. Naal-homme combattant Naal-esprit. Une image !... Une image particulière ! Naal y était arrivé ! A un moment donné, sa volonté avait été la plus forte. Cependant, cette réussite ne fit qu'ajouter à son mystère.

Il voyait un bras dénudé, SON BRAS GAUCHE, percé par une aiguille ! Il ressentit — du moins le crut-il — la piqûre. Il ne pouvait pas se tromper !... Et cette odeur, maintenant, IL LA RECONNAISSAIT !

Son bras gauche... la piqûre... L'odeur... Tout y était !

Est-ce que... ?

Est-ce qu'il avait déjà connu cela ? Réellement connu ?

Quelle atroce vérité allait-il découvrir ?

DEVAIT-IL CROIRE QU'IL AVAIT DÉJA ÉTÉ UN ESCLAVE ? Devait-il croire qu'il avait été un de ces hommes qui portaient un bandeau ? Devait-il croire qu'on lui avait tiré son sang ?

La sueur perlait sur son front.

Lui ? Un ancien esclave ? Un esclave qui se serait évadé un jour ? Un esclave qui n'aurait pas pu recevoir un second conditionnement ?

Mais alors ? S'il avait été esclave... qu'avait-il été AVANT ? Il n'était tout de même pas né esclave !

Il eut envie de hurler son angoisse, sa souffrance morale. Il se contint, sa raison demeurant malgré tout la plus forte. Il ne se connaissait pas ! Il se cherchait ! Désespérément...

Une étrange idée lui vint, transformant son angoisse en terreur.

N'ÉTAIT-IL PAS UN ROBOT, LUI AUSSI ?

Il ne voulait pas le croire. Non, il n'était pas un robot, car il avait des sentiments, il aimait la vie. Il n'avait pas été non plus un esclave...

Pourtant, l'image était très nette. C'était son bras gauche qu'il avait tendu. Une main, tenant une aiguille avait...

Mais quand ? Quand ? Dans quelles circonstances ?

Il l'ignorait.

D'autres clichés prirent possession de son esprit, flot impétueux qu'il ne sut retenir. Cependant, il essaya, une fois encore, de se concentrer sur l'impression de « déjà vu ». Il retrouva sans peine les détails de l'image accrochée, mais cela ne lui apporta rien de nouveau.

Lorsque les clichés le quittèrent, il vit que les

Ougouls étaient repartis et que les esclaves avaient repris leur travail.

Auprès de lui, Arik gesticulait.

— Naal ! Naal ! Qu'est-ce que tu as ?

Naal revint totalement à lui.

— Ah ! Arik !... Ce que j'ai vu m'a bouleversé...

— Je m'en aperçois !... Tu m'as fait peur. Un instant, je me suis demandé si, d'un seul coup, tu n'étais pas devenu comme eux !

— Non, ne crains rien...

— Tu as vu ? Tu as compris ?

— Oui et non... J'ai vu que les Ougouls prenaient du sang à l'aide de seringues, mais...

— A l'aide de quoi ? coupa Arik.

Naal s'étonna de ce qu'il avait dit. Il balbutia :

— Des... seringues... C'est ainsi qu'on appelle ces sortes d'aiguilles.

Aussitôt, il enchaîna :

— Mais je ne sais pas ce que les Ougouls vont faire de ce sang. Est-ce ainsi tous les jours ?

— Sans exception !

Naal frappa du poing la paume de sa main gauche.

— Mais que peuvent-ils faire de ce sang ?

— Ce n'est pas moi qui te répondrai, Naal...

Ils se turent.

Le vacarme emplissait la salle souterraine. A présent, Naal savait distinguer tous les bruits, déterminer leur provenance. Le plus facile à reconnaître était celui de la grande roue ; cette roue grinçante qui tournait et qui tournait, et qui tournerait encore tant qu'il y aurait des esclaves pour la manœuvrer.

Naal s'isola. Il avait besoin de réfléchir, d'ordonner ses pensées. Il alla s'asseoir à l'écart. Arik vint le rejoindre mais respecta son silence.

Naal se mit soudain à chanter :
Je suis le fils du vent et celui de la pluie,
Je ne possède rien,
Ni argent ni amis,
Je ne possède rien,
Ni vêtements ni abri,
Je suis le fils du vent et celui de la pluie...
Je n'ai rien dans les mains,
Et rien dans l'estomac,
Je viens mendier mon pain
Et l'on ne m'entend pas...
Je suis le fils du vent et celui de la pluie,
Je suis celui qui court comme une ombre la nuit...

Naal méditait.

Il pensa à Lwil, au brave ménestrel qui avait composé cette chanson pour payer un misérable morceau de pain. Ce petit morceau de pain avalé en hâte sous la pluie...

— J'ai trouvé, Arik !

— Tu as un plan ?

— Oui, mais j'ai besoin de toi !... Saurais-tu tenir une épée ?

— Une épée ?

— Oui ! On en fabrique, ici, non ?

— Bien sûr ! Tu l'as vu !

— Saurais-tu te servir d'une épée ?

— Difficilement, mais je peux essayer.

— Bon ! Alors, écoute... Voici ce que nous allons faire...

CHAPITRE VII

Ils étaient prêts, l'un et l'autre, jetant parfois un coup d'œil à la longue colonne d'esclaves qui venait de se former. L'heure de la distribution des boules vertes était arrivée. Les malheureux tendaient la main ; une scène que Naal ne supportait pas.

— Attention ! dit Arik. La boîte s'éclaire.

Arik et Naal s'étaient placés de chaque côté de l'entrée. Ils serraient leur épée, bien décidés à frapper vite, et au bon endroit.

La porte s'ouvrit, coulissant avec un bruit discret. Deux Ougouls, dont l'un poussait le chariot, pénétrèrent dans le monde souterrain. Aucun des deux n'aurait pensé trouver la mort en cet endroit. Pourtant, leur vie se termina là, brusquement.

Naal et Arik avaient frappé à la gorge. Les Ougouls s'écroulèrent sans avoir eu le temps de se demander ce qui leur arrivait.

Naal passa la porte, entraîna son compagnon. Ce dernier fut soudain comme paralysé.

— Naal ! s'écria-t-il. Où sommes-nous ?... Je ne comprends pas !

Les deux hommes se trouvaient dans une petite pièce aux murs de métal.

— Je ne sais pas, Arik, mais on peut certainement en sortir ! Si les Ougouls sont venus, c'est qu'il existe un autre passage !... Attends ! Je crois qu'il faut appuyer ici...

Joignant le geste à la parole, il posa un doigt sur ce qui, pour lui, ressemblait à une grosse pièce d'argent, et pressa.

Il se produisit un chuintement. La porte coulissa.

— J'ai vu un Ougoul faire cela, expliqua Naal.

Mais cela ne satisfaisait pas Arik.

— Nous sommes prisonniers...

— La pièce bouge...

— Je ne sens rien.

— Si, si... Nous montons ! Nous montons, j'en suis sûr !

Arik allait de nouveau ouvrir la bouche pour communiquer ses impressions quand la porte coulissa. Ils découvraient des lieux totalement différents.

— Naal ! Comment est-ce possible ?

— Chut ! Tais-toi !... A partir de maintenant, il va falloir nous montrer extrêmement prudents.

Ils s'engagèrent dans un long couloir très éclairé. Tout était désert. Naal tendit l'oreille, ne perçut aucun bruit.

— Il y a un autre couloir, là-bas, dit-il à Arik. Je vais aller voir ce qui s'y passe. Toi, ne bouge pas. Cela t'évitera des pas inutiles au cas où des Ougouls arriveraient...

Lentement, l'épée à la main, Naal marcha en direction du second couloir. A sa droite comme à sa gauche, il existait une série de portes numérotées. Il les ignora.

Parvenu à l'angle formé par la jonction des deux couloirs, Naal eut une légère hésitation. Sa fuite n'avait pas été découverte, mais il suffisait d'une mauvaise rencontre, d'une imprudence pour tout remettre en question.

Il risqua un œil. Le second couloir était désert, lui aussi. Naal respira plus librement.

« C'est logique, après tout, pensa-t-il. Ici, les gardiens sont parfaitement inutiles. »

Il fit signe à Arik de venir le rejoindre.

— Ça va, Naal ? demanda le vieillard à voix basse.

— Ça va même très bien... jusqu'à présent ! La chance semble nous favoriser. Il n'y a pas l'ombre d'un Ougoul !... Et dehors, c'est la nuit ! Regarde cette fenêtre...

— La nuit !... Il y a bien longtemps que je ne l'ai pas vue...

— Tu retrouveras bien d'autres choses, Arik !... Allons, viens ! On va passer par cette fenêtre...

Après quelques tâtonnements, Naal parvint à ouvrir les deux panneaux vitrés. Il se pencha, scruta la nuit, se tourna vers Arik.

— A peine la hauteur d'un homme, dit-il. Nous passerons facilement. En bas, il y a des buissons, et la fenêtre donne sur le parc !

— Tu as vu quelqu'un ?

— Personne !... Allons-y ! Je t'aiderai... Donne-moi ton épée.

Naal prit l'arme qu'il laissa tomber dans les buissons. Il fit de même avec la sienne, puis il enjamba l'appui de fenêtre et se laissa glisser. Dès qu'il toucha le sol, il aida Arik à descendre.

— Faire cela à mon âge ! dit Arik. Je ne l'aurais jamais cru !

— Tu n'es pas si vieux, répliqua Naal. Tu as seulement besoin de reprendre des forces.

— Qu'est-ce qu'on fait, maintenant ?

— On va trav...

Naal ne termina pas sa phrase. Un bourdonnement puissant perturbait soudain le silence. Un bourdonnement grave, discontinu, qui paraissait venir de tous les côtés à la fois.

— Merde ! jura Naal. Je crois que c'est pour nous... C'est certainement un signal...

— Tu penses qu'on a déjà découvert notre fuite ?

— C'est certain !... Ne bouge plus. Restons ici. Ces buissons nous cacheront très bien.

Bruits de pas. Cliquetis d'armes. Des cris. Des Ougouls qui s'interpellent...

Le parc s'animait. Les gardes accouraient, les uns avec des épées, les autres avec des arcs et des flèches, d'autres encore avec des lanternes. On cherchait les esclaves. On s'organisait rapidement. Cependant, il régnait une certaine confusion. C'était la première fois qu'il se produisait une évasion...

Naal chercha son épée, la trouva. Il posa sa main libre sur l'épaule d'Arik comme pour dire « Ne t'en fais pas, tout ira bien. »

Des voix s'élevèrent. Les officiers discutaient ferme, émettant quelques hypothèses.

— C'est incompréhensible ! Aucun esclave n'a jamais fui !

— Ceux-là ont réussi, en tout cas ! Et ils ne se sont certainement pas attardés dans le parc !

— C'est mon avis… Ils doivent être dans la ville des Jaunes !

— Mais ils n'ont pas franchi la porte !

— Ils auront escaladé le mur…

— Bon ! Laissons une dizaine d'hommes dans le parc. Qu'ils continuent à fouiller !… Envoyez des patrouilles dans toutes les villes !

— Dans celle des Noirs aussi ?… C'est dangereux. Les Régu…

— Dans celle des Noirs également, oui ! Mais là, restez groupés.

Les Ougouls se séparèrent, formèrent des patrouilles et quittèrent le parc, ne laissant que quelques hommes.

— Je t'avais bien dit que c'était impossible, souffla Arik.

— Patience, répondit Naal. Désormais, nous avons tout notre temps… Tu as remarqué ? Ils sont passés trois fois à deux mètres de nous, et ils ne nous ont pas vus !… En ce moment, ils s'imaginent que nous sommes dans la ville jaune. Quand ils auront fouillé partout, ils passeront dans la ville bleue… Laissons-les faire.

— Mais nous n'allons pas rester ici éternellement !

— Il faut attendre encore.

— Tu sais, Naal… Tu aurais mieux fait de me laisser avec les autres. Mon aide ne t'est pas nécessaire. Au contraire, je…

— Ah ! Tu ne vas pas recommencer ! Tu viens avec moi, Arik ! Nous partirons ensemble ! Nous irons vivre ches les hommes du lac !

— Comme tu voudras, soupira Arik. Mais tu t'encombres d'un vieillard inutile !

Naal préféra ne pas répliquer.

Ils restèrent un long moment sans parler, évitèrent

de remuer. Parfois, un frôlement, un bruit de branches cassées leur rappelaient qu'il y avait des Ougouls dans le parc. Naal espérait qu'ils se lasseraient, qu'ils ne se méfieraient pas.

Attendre encore. Laisser aux patrouilles le temps de fouiller la ville jaune...

— Nous allons partir, murmura Naal. Ceux du parc ont dû abandonner leurs recherches. Ou alors, ils sont loin d'ici... On ne les entend plus. N'empêche. On ne se montrera pas à découvert... Nous allons gagner le mur d'enceinte, ce qui nous évitera, éventuellement, d'avoir un Ougoul dans le dos !... Nous suivrons le mur jusqu'à la porte...

— Qui sera probablement gardée, dit Arik.

— Elle le sera, c'est certain. Les Ougouls ont la manie d'être partout... Espérons qu'il n'y aura qu'un seul garde !

Avec maintes précautions, les deux hommes quittèrent leur cachette. Arik s'appuyait sur son épée. Ils longèrent le mur du Palais, traversèrent une allée en prenant garde de ne pas faire crisser le gravier, et s'enfoncèrent dans un endroit particulièrement touffu.

Il faisait noir comme dans une grotte. Naal et Arik progressaient lentement parmi les troncs d'arbres et les buissons, s'arrêtant quelquefois pour tenter de surprendre un bruit qui les aurait renseignés sur la présence d'un Ougoul.

Ils furent contraints de traverser une seconde allée et d'avancer encore dans le noir le plus complet avant de trouver le mur d'enceinte.

— Nous y voilà ! Ici, nous serons moins vulnérables... Tu veux te reposer un peu ?

— Non, non... Je vais bien. Continuons.

Sans bruit, ils longèrent le mur. Un mur qui avait au moins quatre mètres de hauteur. Naal ne put s'empêcher de sourire en pensant aux Ougouls qui les cherchaient dans la ville jaune.

Et il sourit une seconde fois lorsqu'il se mit à pleuvoir.

« Ces imbéciles vont avoir du mal, pensa-t-il. J'imagine qu'ils vont chercher jusque dans les moindres recoins... Ne nous trouvant pas dans la ville jaune, ils se rendront inévitablement dans la ville bleue et se disperseront, croyant qu'ils se trouvent derrière nous !... »

La situation avait beau être grave, elle n'en possédait pas moins un petit côté amusant.

**

La porte !

Elle n'était plus qu'à une dizaine de mètres. Mais deux Ougouls la gardaient.

— Ils sont deux, dit Naal à l'oreille d'Arik. Si nous nous débarrassons de l'un, l'autre va se mettre à hurler...

— Il y a un moyen...

— Lequel ?

— Le mur ! Les arbres ne manquent pas... Si tu en trouves un assez près du mur, tu grimperas facilement... La ville jaune est de l'autre côté !

— Et toi ?... Jamais tu n'arriveras à...

— Ne t'occupe pas de moi, Naal. Seul, tu parviendras à fuir...

— Rien à faire ! Je t'ai dit que tu viendrais avec moi. Tu viendras avec moi !

— Ta tête est plus dure que celle des Ougouls, Naal, répliqua Arik.

— Trouve une autre solution ! Non. Attends... J'ai une idée...

Naal retourna sur ses pas, abandonnant son ami. Il rampa ensuite jusqu'à l'allée toute proche, prit quelques bonnes poignées de gravier qu'il fourra dans son sac de peau. Il revint, souple comme un félin.

— Où es-tu allé ? interrogea Arik.

— Chercher du gravier !

— Qu'est-ce que tu veux faire avec ça ?

— Tromper les Ougouls !... Je vais lancer ces cailloux au-dessus du mur. L'un des gardes, en entendant du bruit, ira voir ce qui se passe. Aussitôt, on foncera sur l'autre. Ensuite, on s'occupera du premier...

— Ça peut réussir, mais suppose que le premier s'aperçoive de quelque chose ?

— C'est un risque à prendre. Nous ne pouvons pas attaquer les deux Ougouls en même temps... D'ailleurs, en nous apercevant, ils se mettraient à crier.

— En somme, nous n'avons pas le choix...

— Non.

Sans bruit, Naal grimpa le long d'un tronc noueux, atteignit une branche basse, assura son équilibre. Il lança une première poignée de gravier, attendit quelques instants avant d'en lancer une seconde puis une troisième.

Il descendit de l'arbre, récupéra son épée.

Mais les Ougouls ne réagirent pas exactement comme prévu. Ayant entendu le bruit provoqué par le gravier sur la route pavée, ils quittèrent tous deux leur poste.

Cependant, Naal trouva immédiatement la parade.

— Vite, Arik ! Comme tout à l'heure ! On se place de chaque côté de la porte !

Ce qu'ils firent.

Pour les deux gardes, c'était une fausse alerte.

Comme les précédents, ils n'eurent pas le temps de crier. Deux épées leur perçaient la gorge. Arik, malgré sa faiblesse, avait su frapper juste.

— On les a eus ! Arik.

Naal crut bon de cacher les corps des Ougouls.

— Inutile de signaler notre passage, dit-il. Mais... Qu'est-ce que tu as, Arik ?

Le vieil homme était adossé au mur, respirait difficilement.

— Pars sans moi, Naal. Je ne peux plus te suivre... Fuis !

— Pas sans toi, Arik !

— Non. Écoute, Naal... Je n'en peux plus. Je suis épuisé... Ne sois pas inconscient !... C'est trop dur pour moi. Je me demande même comment j'ai pu arriver jusqu'ici !

— Arik !

— Laisse-moi parler... Dépêche-toi ! N'essaye pas de me convaincre. Je ne te suivrai pas !

— Mais ils vont te reprendre !

— Qu'importe ? Sauve-toi !... Moi, je suis trop fatigué. Mes jambes refusent de me porter, Naal... Je vais me cacher dans la ville jaune... Je la connais bien...

Naal savait bien que son ami avait raison. Pourtant, il lui répugnait de l'abandonner. A coup sûr, les Ougouls allaient le reprendre, et ce serait pour Arik une nouvelle séance de tortures qu'il ne supporterait pas. Peut-être y avait-il encore une autre solution ?

— Qu'est-ce que tu attends, Naal ? Qu'est-ce que tu attends ? Va ! Mais pars donc !

Le vieux ne se laisserait pas convaincre. Naal dut prendre une décision...

— Arik... Chez les Jaunes, il existe des hommes que l'on appelle les Réguliers... Oui. Il y en a aussi chez les Jaunes ! Ils sont peu nombreux, mais si tu parviens à trouver l'un d'eux, tu seras sauvé...

— Les Réguliers ?... Bien. Je me souviendrai. Mais maintenant, pars ! Pars vite !

Naal hésita encore.

Brusquement, il saisit les mains du vieillard, les serra.

— Adieu, Arik !

***

Il était de nouveau seul. Bête traquée, il traversait les jardins, se faufilait entre les belles maisons des Jaunes, tentait de se rassurer en se disant que le vieil Arik trouverait rapidement un endroit où il serait en lieu sûr.

La pluie se mit à tomber avec une rare violence. Autour de Naal, ce n'était qu'un crépitement. Un bruit qui favorisait sa progression et qui lui permettait de prendre quelques risques supplémentaires.

Son avancée dans la ville jaune fut relativement facile en dépit de l'obscurité. Il y avait très peu d'Ougouls. Les patrouilles devaient se concentrer chez les Bleus, sinon chez les Noirs. Naal se doutait bien qu'on allait l'empêcher de quitter Xaar.

Il était trempé, couvert de boue. Il était tombé

plusieurs fois déjà, faute de n'avoir aucune lanterne
pour se guider. De toute façon, en eût-il possédé une
qu'il ne l'aurait pas utilisée ! Et pour cause !

La plus grande difficulté serait de traverser la ville
noire ; cette partie de Xaar, la plus importante, où
n'existait aucun jardin, où il n'y avait que des ruelles
qui formaient un véritable labyrinthe.

C'est là que les Ougouls avaient le plus de chance de
le coincer.

C'était là le piège !

Mais Naal continuait. Il passa de la ville jaune à la
ville bleue en sautant le mur qui les séparait ; mur qui,
heureusement, n'était pas aussi haut que celui qui
entourait le parc et le Palais...

Des Ougouls, il y en avait à chaque coin de rue. Il y
avait même des Bleus qui étaient sortis de chez eux
pour leur prêter main forte ! Respectueux de la loi, les
Bleus ! Même si cette loi, comme bien des lois, était
parfaitement dégoûtante !

La loi du plus fort... La loi imposée... De la fange !
De la boue !

Naal était patient. Très patient, même. Mais il ne
tenait pas à rester longtemps à la même place. Il lui
fallait bouger sans cesse en se rapprochant, si possible,
du secteur noir. Il avait, certes, déjà fait beaucoup de
chemin, mais ce n'était pas encore la fin de ses efforts.
Autour de lui, le filet se resserrait, inexorablement.

Et s'il échouait ?

Il ne voulut pas croire en cette hypothèse. Il
garderait confiance jusqu'au bout !

Pourtant, il n'avançait plus que par bonds succes-
sifs, soucieux d'échapper à l'attention des Ougouls. Si
cela continuait ainsi, il ne pourrait pas sortir de Xaar
avant le jour.

Le jour ! Ce qu'il redoutait le plus !

Il rampa, poursuivit sa progression sur les genoux, faillit se faire repérer lorsque, se croyant isolé, il traversa une rue. Il commit quelques maladresses, notamment quand il s'approcha un peu trop d'un groupe de gardes. Il n'osa plus bouger.

Soudain, des éclats de voix attirèrent son attention. Un Ougoul arrivait en courant, apportant une nouvelle qui fit grand bruit.

— On en tient un ! s'était-il écrié.

Le cœur de Naal se serra. Il n'avait pas besoin d'explication.

— Où l'avez-vous pris ?

— Dans la ville jaune !... Il se cachait dans un jardin.

— Et l'autre ?

— On le cherche encore... Le vieux a dit qu'il avait eu peur et qu'il était retourné dans le parc. Et c'est certainement vrai. Les deux gardes qu'on avait laissés à la porte ont été égorgés !

Un officier distribua des ordres :

— Pha ! Tobb ! Achar ! Rassemblez vos hommes. On va là-bas !... Erfi ! Avec ta patrouille, rappelle ceux qui sont chez les Noirs.

Naal se mordit la lèvre inférieure. Il n'avait aucune peine à reconstituer les événements. Arik avait seulement fait semblant de se dissimuler. Il n'avait pris aucune précaution, sachant qu'il attirerait tôt ou tard un Ougoul ! Il s'était fait prendre exprès au moment où il avait estimé que Naal se trouvait assez loin !

Arik le vieux avait tendu un piège aux Ougouls ! Et le piège avait fonctionné !

« Mais à quel prix ! » pensa Naal.

Il ne bougea pas, retint son souffle. Il était encore

trop tôt pour profiter de l'occasion qui lui était donnée. Dans la ville noire, il y avait encore des Ougouls. Il attendrait leur passage.

Il ferma les yeux, pensa au malheureux Arik qui avait tout fait pour le sauver.

*
* *

Tandis qu'il traversait la ville noire, Naal eut envie d'aller se réfugier chez Lémok. Le Régulier ne lui refuserait pas son aide.

Pendant un bon moment, cette idée ne le quitta pas. Mais il finit par la rejeter. Il devait se débrouiller seul ! De plus, il ne tenait pas à compromettre celui qui avait tant fait pour lui, et il ne désirait plus lui demander le moindre service.

La ville noire était totalement endormie. Les tavernes étaient fermées. Seule la pluie perturbait le silence.

Enfin, Naal se trouvait devant les portes de Xaar !

Faisant de l'ombre sa complice, il avança prudemment. Il n'hésiterait pas à tuer les gardes. Il s'en sentait la force, maintenant qu'il touchait au but. Sa soif de liberté, sa volonté de vivre étaient telles qu'il en était transformé.

Personne !

Il n'y avait personne !

Pas un Ougoul ! Ils étaient tous partis.

Ce que Naal ignorait, c'était justement que les Ougouls, à moins d'être nombreux, ne restaient jamais la nuit dans la ville noire. Les Noirs ou les Réguliers auraient eu vite fait de les faire disparaître !

Le cœur de Naal bondit dans sa poitrine.

La voie était dégagée. Plus rien ni personne sur son chemin !

Naal se précipita sur l'énorme porte, se servit de son épée comme d'un levier, ôta les lourdes barres et ouvrit l'un des battants.

IL ÉTAIT LIBRE.

DEUXIÈME PARTIE

LE PEUPLE DU LAC

CHAPITRE VIII

Libre !

Naal était enfin délivré de cette vie qui n'avait aucun sens. Il se mit à courir sous la pluie battante sans se soucier des énormes flaques d'eau, de la boue partout présente. Il courait comme si les Ougouls avaient été à ses trousses.

Les Ougouls...

Ils allaient le chercher longtemps encore dans la ville jaune tandis qu'il serait à des kilomètres de Xaar ! Sans doute fouilleraient-ils les jardins, les maisons. Les Jaunes allaient passer une bonne nuit !

On parlerait de lui dans les différents secteurs. Sa fuite serait rapidement connue. D'ailleurs, la majeure partie de la population de Xaar devait déjà être au courant de son évasion. Sauf les Noirs chez qui les Ougouls n'avaient fait qu'une brève apparition.

Nul doute que la disparition de Naal resterait un mystère. Peut-être irait-on jusqu'à remettre en question la valeur du conditionnement ? Peut-être s'interrogerait-on ? Peut-être apprendrait-on à penser réellement ?

Naal fuyait. Cependant, il n'oublierait pas qu'il

devait sa liberté au vieil Arik. Il n'oublierait pas non
plus Salma, ni Lwil, ni Lémok. Il leur devait trop...

Au fond de lui, il avait honte. Il agissait comme un
lâche en fuyant. On l'avait aidé, on l'avait sauvé, et il
abandonnait ceux qui avaient cru en lui. Il aurait pu
devenir un Régulier, s'il l'avait voulu.

Naal se trouva des excuses. A Xaar, il n'était plus en
sécurité. Rejeté par les Jaunes et les Bleus, harcelé par
les Noirs, sa vie serait devenue impossible. Mais quelle
vie, au juste ? Une vie de robot ? Une vie sans joie ?
Une vie imposée, réglée, préfabriquée ?

Et puis, n'avait-il pas tué un homme ?

Pour finir, il s'était évadé du monde souterrain. Il
avait échappé (il ne savait comment) au conditionnement et, par suite, à l'esclavage. Il avait repris sa
liberté, et ce n'était pas pour recommencer une vie
comme celle qu'il avait connue chez les Jaunes ou chez
les Bleus.

Sa fuite était justifiée !

Il y avait encore un détail : Naal avait constamment
l'impression d'être étouffé. Il éprouvait le besoin
d'aller ailleurs, de découvrir une vérité cachée... Et
c'était peut-être cela qui justifiait le plus sa fuite...

Il s'arrêta pour souffler un peu. Il se retourna. Non,
personne ne le suivait. Il poursuivit son chemin,
marchant d'un pas vif et régulier.

Deux jours de marche...

Ou une nuit et un jour. Et tout dépend de l'allure à
laquelle on va. Arik était jeune lorsqu'il était allé là-
bas... Il avait certainement marché longtemps. Du
lever au coucher du soleil... Deux fois.

Naal passa devant l'un de ces châteaux forts que les
esclaves-bâtisseurs avaient momentanément aban-

donné. Le travail reprendrait dès le lever du jour, ne s'arrêterait qu'aux dernières lueurs...

Pourquoi ces constructions ? A quoi serviraient-elles ?... Certainement pas au peuple de Xaar !

Naal haussa les épaules. Après tout, il se moquait bien des châteaux et du reste. Les dirigeants de la ville-monstre pouvaient faire exécuter les travaux les plus fous, les plus insensés. Et les Bleus comme les Jaunes auraient le loisir de trouver mille philosophies adaptées à leur couleur ; des philosophies qui, dans tous les cas, expliqueraient, démontreraient la suprématie de leur « pensée » ! Tous continueraient à avoir raison, et tous seraient contents. Quant aux Noirs, ils pouvaient croupir dans leur secteur, inventer toutes sortes de cartes, se trouver des centaines d'appartenances et tuer tant qu'ils le voudraient.

Naal ne se sentait plus concerné. Tout cela se passerait en dehors de lui, loin de lui.

Les esclaves ?

Bien sûr, il y avait les esclaves. Mais, privés de volonté, ce n'étaient plus des hommes. Tenter de les raisonner, de les guider aurait été vain. Naal n'aurait pu organiser une révolte.

Soulever le peuple ? Une utopie ! Comment le peuple aurait-il compris ? Comment aurait-il compris puisqu'il était, lui aussi, étouffé par une sorte de conditionnement ? Un conditionnement plus subtil, certes, mais non moins efficace !

Naal ne voyait vraiment pas quel intérêt les dirigeants de Xaar retiraient de cette... « civilisation ». Mais y avait-il seulement un intérêt ? Les dirigeants eux-mêmes n'étaient-ils pas conditionnés ?

Ah ! Oui, il existait des hommes comme Lémok. Mais leur cause n'était-elle pas perdue d'avance ?

Qu'espéraient-ils changer ? Leur tentative ne ressemblait-elle pas à ces châteaux forts ? N'était-elle pas inutile ?... Et si les Réguliers possédaient vraiment un peu de bon sens, pourquoi ne fuyaient-ils pas, eux aussi ? Croyaient-ils qu'il y avait, hors de Xaar, des pièges sans nombre et des bêtes féroces ?

Ridicule...

Depuis quelques instants, la pluie avait cessé. Naal avait quelque peu ralenti son allure, commençant à ressentir les effets de la fatigue. Pourtant, il ne voulut pas faire de halte. Cette région n'offrait nul abri, nul endroit lui permettant de prendre du repos.

Il marcha jusqu'à l'aube.

Il la vit, couchée sur l'horizon, longue traînée livide et froide. Mais il la trouva délicieusement belle. Elle lui indiquait maintenant la direction à prendre.

Arik avait dit : « Lorsque tu auras dépassé le dernier château, tu continueras tout droit. Tu verras alors un endroit marqué par sept arbres alignés. Là, en observant le sens de la course du soleil, tu marcheras vers le lieu où ce dernier se couche. »

Résolument, Naal tourna le dos au levant dès qu'il fut auprès des sept arbres. Il entendit quelques cris d'oiseaux, vit un lapin qui détalait. La nature s'éveillait.

Cela lui rendit un peu de courage. Bientôt, il ferait jour. Il se dirigerait plus sûrement vers cette région vallonnée dont lui avait longuement parlé Arik. Une région où les Ougouls n'avaient jamais mis les pieds !

Machinalement, Naal tâta son sac de peau. Un

souvenir de Lémok et de Salma. Il ne contenait plus que quelques petits cailloux blancs.

La faim, cependant, commençait à torturer l'estomac de Naal. Elle s'alliait à la fatigue, rappelant à l'homme qu'il n'était pas aussi libre qu'il voulait le croire. Car la faim oblige l'homme à manger, et la fatigue contraint celui-ci à se reposer.

Naal espérait trouver quelques fruits. Arik lui avait dit qu'il en poussait sur certains arbres mais n'avait pas donné de précision quant à leur nature. Il avait simplement déclaré que les arbres à fruits se trouvaient dans cette région vallonnée. Et Naal en était encore loin…

Peu à peu, la nuit reculait, arrachant une cohorte de nuages gris. En se retournant, Naal constata que l'horizon était devenu rouge. Il leva la tête. Les monstres ventrus ou échevelés livraient bataille pour une portion de ciel. Ils glissaient, se transformaient, tendaient leurs bras multiples et démesurés, animés par un vent léger dont Naal sentait la douce caresse.

L'homme s'amusa. Il était émerveillé devant le ballet fantastique des nuages. Il aimait cela.

Mais la faim se faisait plus pressante. Naal se demanda si, dans son sac, il ne restait pas un petit morceau de pain oublié ou un peu de viande séchée. Il l'ouvrit, fouilla le fond, n'en retira que quelques miettes et du gravier.

Naal retourna le sac, se remit en route, traînant le pas. Pour ne plus penser à la faim ou à la fatigue, il se mit à chanter :

Je suis le fils du vent et celui de la pluie,
Je ne possède rien… »

Plus que jamais, ces paroles criaient de vérité. Naal était le fils du vent. Et il était aussi ce fils de la pluie. Il chantait SA chanson.

Lwil… Ce pauvre Lwil ! Pourquoi un être si bon était-il si malheureux ? Pourquoi ne quittait-il pas Xaar ?

Naal aurait aimé l'avoir pour compagnon…

Je suis le fils du vent et celui de la pluie,
Je suis celui qui court comme une ombre la nuit… »

Un rayon de soleil, timidement, fit son apparition. Un nuage complaisant lui céda le passage. Alors le rayon d'or donna l'éclat aux feuilles encore luisantes, transforma en perles fines les millions de gouttelettes tremblantes suspendues à d'invisibles fils. Des trilles puissants saluèrent sa venue, anniversaire quotidien de la victoire de la lumière sur l'obscurité…

La nature faisait peau neuve. Elle accueillait l'homme souverain et se parait des tons les plus beaux.

Naal distinguait à présent les premiers vallonnements. Déjà l'herbe poussait plus dru et, de loin en loin, des bouquets d'arbres et des buissons la parsemaient de taches sombres.

Encore un effort…

Naal avançait de plus en plus lentement, et de façon discontinue. Il était épuisé. Ses jambes étaient lourdes, ses pieds accrochaient tous les défauts du sol. Seul l'espoir d'assouvir sa faim lui permettait de continuer.

Son épée lui servait de canne. En cet instant, il n'était guère plus fort que le vieil Arik.

« Je suis… le fils… du vent… et celui… de la pluie. »

Il haletait. Il ne chantait plus mais, de temps en temps, il prononçait quelques paroles de sa chanson.

La faim, la fatigue déclenchèrent dans son cerveau l'apparition d'images plus ou moins floues. L'espace de quelques secondes, il vit des hommes étrangement vêtus ; des hommes qui ne ressemblaient pas à ceux de Xaar... Il vit aussi une salle curieuse, des objets inconnus. Il crut entendre prononcer un nom : Arel. Puis tout s'effaça.

Naal ne fit rien pour retenir les images. Son esprit était occupé par deux pensées complémentaires : manger, dormir.

Combien d'heures s'était-il écoulé depuis l'instant où il avait quitté le monde souterrain ? Huit ? Neuf ?... Plus, peut-être ?

Depuis quand n'avait-il pas mangé ?

Plus que jamais il réalisa combien Arik avait raison lorsqu'il disait qu'il serait incapable de le suivre. Cette nuit folle, passée à se cacher, à courir... et ensuite cette marche...

Là... Des arbustes, des ronces...

Naal n'irait pas plus loin.

Il avait trouvé des mûres en quantité suffisante. De grosses mûres noires qu'il se mit à cueillir, avide, insensible aux griffes et aux piqûres provoquées par les épines.

C'était bon. C'était frais.

Arik connaissait beaucoup de choses...

Tout en mangeant, Naal remercia le vieillard en pensée. Il avait la bouche pleine. Le jus des fruits dégoulinait sur son menton, tachait ses lèvres et ses doigts. C'était infiniment meilleur que le pain ou la viande. C'était meilleur que tout autre aliment.

Quant il eut terminé son repas, il rota bruyamment,

s'essuya la bouche du revers de la main et s'étendit sur l'herbe.

Dans le ciel, le soleil n'était pas encore au plus haut de sa course.

CHAPITRE IX

Naal avait repris son chemin alors que le soleil déclinait. Il avait marché jusqu'à la nuit tombante, puis, ayant dormi, il s'était enfoncé plus avant dans les collines. Il avait marché tout un jour encore. Et il s'était de nouveau arrêté pour se reposer.

Xaar était loin, désormais.

Naal se réveilla alors que le soleil, depuis une heure ou deux, dispensait généreusement sa lumière.

La veille, Naal s'était fait un lit. Quatre solides branches fourchues servaient de pieds et supportaient d'autres branches, plus longues, assez droites, placées l'une à côté de l'autre. Avec la tige des hautes plantes, Naal avait consolidé l'ensemble. Il avait ensuite disposé un matelas d'herbe et de feuilles. Son sac de peau avait fait un excellent oreiller.

En se réveillant, Naal constata qu'il avait encore beaucoup à apprendre. Il ne restait pratiquement rien du lit ! Il aurait fallu des cordes pour maintenir les branches. Naal se retrouvait sur le sol. Il avait dû remuer beaucoup dans son sommeil, cependant l'inconfort ne l'avait pas gêné, la fatigue l'ayant plongé dans un sommeil de plomb.

Il se leva, se massa les reins et les jambes, s'étira. Il se régala de quelques pommes cueillies le jour précédent et repartit, suivant les indications du vieil Arik.

Il marcha pendant plus de deux heures.

Enfin, il découvrit le lac dans lequel se reflétait le ciel. C'était une grande étendue d'eau bleue entourée de terres boisées. Diverses variétés d'arbres et de buissons formaient de nombreux bosquets séparés par des espaces plus aérés où les fleurs s'épanouissaient.

Naal dévala la colline, s'approcha du lac, s'agenouilla. Ayant uni ses mains en coupe, il puisa de l'eau qu'il but à longs traits. Il se releva, inspecta les alentours.

Cette région lui plaisait.

A sept ou huit cents mètres, Naal aperçut un village. Il compta une trentaine d'habitations ; petites maisons de couleurs ocre, bâties à proximité de gros arbres. Il suivit le bord du lac, allant vers ce village, imaginant la vie de ses habitants.

Mais, tandis qu'il s'approchait, il remarqua qu'il ne régnait aucune animation. Il pressa le pas.

Le village était désert !

Ni jeunes. Ni vieux. Pas d'enfants. Personne !

Naal pénétra dans plusieurs maisons. Des meubles grossiers : tables, bancs, lits.

Arik s'était-il trompé ?

Non, puisque le village existait.

Et les habitants ? Disparus ?... Partis pour s'établir ailleurs... ou morts ?

Naal, malgré sa déception, espérait encore. Pour une raison quelconque, le peuple du lac s'était absenté... La recherche de nourriture devait occuper chaque membre du village...

Il s'assit sur une pierre plate.

Toutes les maisons étaient bâties de la même façon.
De grosses pièces de bois, fichées dans la terre,
constituaient de solides points d'appui. Les murs
étaient composés d'un assemblage de cubes d'argile ;
de l'argile à laquelle on avait mélangé de la paille.
Quant au toit, il était constitué par des branches
savamment disposées, et recouvertes d'un torchis
analogue à celui des murs. Deux ouvertures : une
porte, une fenêtre. Deux simples trous rectangulaires.

Naal décida tout à coup d'aller jeter un coup d'œil
aux alentours. Il ne voulait pas croire qu'il avait fait
tout ce chemin pour rien. Il alla de bosquet en bosquet,
s'éloigna de plus en plus du village. Il pensa effectuer
le tour du lac, mais celui-ci était très étendu. Naal
renonça.

Il avait remarqué que si les maisons étaient abandon-
nées, elles étaient néanmoins assez bien entretenues.
C'était cela qui lui permettait de conserver quelque
espoir. Au reste, pourquoi le peuple du lac aurait-il
délaissé le village ? Pour aller où ?

Le calme. La brise jouait dans les feuillages. Des
oiseaux se poursuivaient en piaillant. Des insectes
bourdonnaient, cherchant au cœur des fleurs le délicieux nectar.

Naal erra longuement. Soudain, alors qu'il venait de
traverser un bouquet d'arbres, il LES vit.

Ils étaient assis en cercle, les mains posées sur leurs
genoux. Ils étaient immobiles, muets. Tous portaient
le même vêtement : une sorte de longue robe pourpre
aux manches très amples.

Naal n'osa pas avancer.

Que faisaient-ils là ? Pourquoi ne parlaient-ils pas ?
Pourquoi demeuraient-ils immobiles ?

Leur attitude était pour le moins surprenante. Naal s'attendait à un autre genre d'accueil.

On ne l'avait pas remarqué, et lui, de son côté, ne désirait pas troubler leur réunion. Il était l'étranger, l'intrus...

Drôles de gens...

Naal risqua quelques pas avec l'espoir qu'on s'intéresserait à lui. Mais personne ne tourna la tête dans sa direction. Incompréhensiblement, les habitants du village s'étaient enfermés dans un mutisme volontaire. Naal approcha encore.

Ce qui le frappa, ce fut l'extraordinaire beauté de ces hommes et de ces femmes. Arik n'avait pas menti. Ils étaient des modèles de perfection. Une femme, particulièrement, attirait Naal. C'était, pour lui, la plus belle de toutes. Sa beauté coupait le souffle, et pourtant, les autres étaient également très jolies. Pourquoi elle, justement ? Naal ne savait pas. Il n'avait d'yeux que pour ce visage adorable, pour ces longs cheveux noirs, pour ces yeux d'un bleu très clair, pour ce petit nez mutin et pour ces lèvres si bien dessinées.

Il avait reçu un choc. Jamais il n'avait vu de femme aussi belle. En rêve, il la tenait déjà dans ses bras, la couvrait de baisers. Il éprouvait pour elle un sentiment puissant, irrésistible...

Mais elle ? Le verrait-elle seulement ? Lui accorderait-elle quelque regard ?... Peut-être aimait-elle l'un de ces hommes ? Oui, sans doute. Car ces hommes étaient beaux eux aussi.

C'était quoi, l'amour ? Quelle valeur ces gens lui accordaient-ils ?

Naal se regarda. Il était sale. La boue maculait ses vêtements. Il devait avoir un visage épouvantable avec

ses cheveux en bataille et sa barbe de plusieurs jours !
De plus, il sentait mauvais.

Dans ces conditions, comment pouvait-il espérer
trouver un écho à cet amour spontané ? Il venait
d'arriver, et voilà qu'il était jaloux des autres hommes !
Lui, l'étranger, l'intrus, se permettait déjà de regarder
une femme avec insistance, de bâtir secrètement un
avenir plus qu'incertain ! Pour qui se prenait-il ?
C'était déjà beaucoup si on l'accueillait !

Naal se retira, se précipita vers le lac, planta son
épée dans le sol, y accrocha son sac, se déshabilla en
hâte. Nu, il entra dans l'eau. A cet endroit, le lac
n'était pas profond. A une vingtaine de mètres du
bord, Naal avait de l'eau jusqu'à la ceinture. Il
entreprit de se frotter vigoureusement.

Serait-il suffisamment propre ?

Le doute le prenant, il recommença sa toilette,
utilisant toute son énergie. Il exécuta nombre de
contorsions afin de se rendre compte du résultat. Sans
savon, ce n'était pas facile. Cependant, après examen
de sa personne, il parut satisfait.

Il était propre. Il ne sentait plus.

Naal alla chercher ses vêtements. D'avance, il savait
que le résultat ne serait pas parfait, mais il lava, tordit,
rinça plusieurs fois. Si cette maudite boue partait, il
serait content.

Il frotta, insista particulièrement sur les taches. Rien
à faire ! La boue était incrustée. Et il y avait des
marbrures provoquées par du jus de fruit ou par celui
des herbes écrasées.

Il lava encore... sans s'apercevoir que, derrière lui,
sur le bord du lac, on ne perdait aucun de ses gestes !
Ce n'est que lorsqu'il fut sur le point de sortir de l'eau

qu'il vit ceux du village. Tous avaient le sourire aux
lèvres.

Ils se moquaient de lui, c'était évident ! La scène
avait dû beaucoup les amuser.

Un peu gêné d'avoir été surpris, Naal vint vers eux.
Nu, ses vêtements à la main, il se sentait ridicule.

— Qui es-tu ? demanda une femme sans cesser de
sourire.

Naal attendit d'avoir regagné la terre ferme avant de
répondre :

— Mon nom est Naal Hama... Je viens de Xaar,
une ville qui se trouve très loin d'ici, bien plus loin que
les dernières collines.

— Xaar ? fit un homme. Une ville ? Nous ne savions
pas qu'il existait une ville de ce nom. D'ailleurs, nous
ne nous sommes jamais éloignés de notre village...
Mais pourquoi as-tu quitté Xaar ?

— Je me suis enfui. On voulait faire de moi un
esclave...

Naal se garda de déclarer qu'il avait tué un homme,
sinon il lui aurait fallu exposer les lois invraisemblables
de la ville, expliquer ce qui s'était passé dans la
taverne, etc.

— Un esclave ? Un homme que l'on contraint à
travailler, n'est-ce pas ? C'est cela ?

Naal nota que l'homme savait ce qu'était un esclave.

— Oui, répondit-il.

— Tu nous as trouvés comment ? Par hasard ?

— Non. Un ami m'a renseigné.

— Ah !... Un ami !... C'est bien. Que veux-tu, Naal
Hama ?

Naal regarda autour de lui. Il n'y avait aucune marque d'hostilité sur ces visages. Au contraire, il y lisait une étonnante douceur, une bonté qu'il n'avait jamais trouvée à Xaar, sauf chez les quelques êtres dont il gardait l'excellent souvenir.

— J'ai pensé que vous alliez m'accueillir, dit Naal. Si vous voulez m'accepter, je vivrai parmi vous...

— Tu seras nôtre, ami... Mon nom est Mikel, et voici Lyora, Bertram, Kola, Sancy Lem, Wiam...

Mikel nomma tous les siens. Naal était assez stupéfait. Jamais il ne retiendrait tous ces noms ! Seulement, il y en avait un, parmi eux, qu'il n'oublierait pas : Tessa.

— Voilà ! Tu nous connais tous... Mais qu'as-tu dans les mains ? Tes vêtements ?

— Ce sont mes vêtements, en effet... Ils sont plutôt sales.

— Tu peux les jeter. Nous allons te donner une tunique... Viens avec moi.

Naal suivit Mikel. Il entra dans la maison de ce dernier.

— Tiens, Naal. Avec cette tunique, tu seras exactement comme nous.

— Merci... Hum ! C'est un très beau vêtement.

— C'est surtout très solide. Cela ne s'use jamais... On ne peut pas non plus déchirer ce tissu... qui se lave très bien.

Mikel s'interrompit, observa Naal qui enfilait la tunique.

— Elle te va très bien... Elle a appartenu jadis à l'une des nôtres. A une femme qui se nommait Tiana... Tiana est morte. Elle s'est noyée. Nous n'avons jamais su ce qui s'était passé car, comme nous tous, elle

nageait aussi bien qu'un poisson... Mais il y a longtemps, très longtemps que cela s'est produit...

Mikel évoquait un vieux souvenir. Naal respecta le
silence qui suivit ses paroles, se dit que Tiana avait dû
être beaucoup aimée des siens.

— Tu fais maintenant partie de notre société,
Naal... Nous t'aiderons à construire ta maison...

Les deux hommes sortirent de la demeure.

— On la bâtira sous ce gros arbre, plus loin. Qu'en
penses-tu ?

— Ce sera très bien...

Des cris joyeux, des rires parvinrent aux oreilles de
Naal. Les hommes et les femmes, nus et magnifiques,
jouaient dans les eaux du lac. Naal put admirer leur
corps splendide, leur grâce, leur souplesse. On aurait
dit des statues vivantes.

— Un rêve..., murmura Naal.

— Que dis-tu ?

— Oh ! Je pensais tout haut. Je disais que je croyais
vivre un rêve.

— Nous vivons, Naal ! Nous sommes libres !...
Quoi que tu aies pu endurer, tu seras heureux avec
nous.

— Je le crois, Mikel... Euh ! Es-tu le chef du
village ?

— Le chef ? Non. Nous n'avons pas besoin de chef.
Chacun sait ce qu'il a à faire. Personne ne commande
l'autre. Nous sommes tous égaux, sans distinction de
sexes.

Ils marchaient côte à côte en bordure du lac. Pour
Naal, une nouvelle vie allait commencer. Il partagerait
les joies de ce peuple, goûterait pleinement la liberté
qu'il avait gagnée.

— Lorsque je suis arrivé, j'ai trouvé le village

désert... Je vous ai cherchés, je me suis même approché de vous, mais nul ne m'a remarqué... Que faisiez-vous donc ?

— Nous méditions, Naal. Tu as bien fait de nous laisser en paix... Nous avons souvent de longues périodes de silence pendant lesquelles nous pensons... Tu connaîtras cela, toi aussi. Tu te rapprocheras de la nature et de la vérité... Tu apprendras à te connaître toi-même...

Ces mots ébranlèrent Naal. Se connaître ! Il ne demandait que cela. Il saurait enfin qui il était, et pourquoi, lorsqu'il éprouvait une intense émotion, il voyait d'étranges images...

Comme tout était différent !

— Je n'ai pas vu d'enfants, dit Naal. Et je n'ai pas remarqué un seul vieux parmi vous. Comment cela est-il possible ?

— Il n'y a pas de mystère, répondit Mikel. Ce sont les vieux qui élèvent nos enfants, qui leur apprennent à chercher très tôt la vérité dans tout ce qui les entoure. Ils ont un village à eux. De temps en temps nous allons les voir, et nous organisons une fête...

— Mais... Vous ne vous ennuyez jamais ?

— Nous savons que nos enfants sont bien et qu'ils ne manquent de rien...

Naal n'insista pas. Il ne critiqua pas cette façon de faire. Il tâcherait de comprendre un peu plus tard.

Depuis un moment, il pensait parler de Tessa. Cependant, il ne voulait pas donner l'impression qu'il s'intéressait à la jeune femme. Dès son arrivée, il n'allait tout de même pas se conduire ainsi ! Il devait prendre garde à ne blesser personne.

Il employa un biais :

— Dis-moi, Mikel... Tiana était-elle très jolie ?

Si Mikel fut surpris par cette question, il n'en laissa rien voir. Il répondit :

— Elle était très belle, oui... Elle avait de longs cheveux blonds et de magnifiques yeux verts...

— Et... Euh ! Son... époux ? La mort de Tiana a dû être terrible pour lui...

— Son compagnon, tu veux dire ? Oui. Mais nous étions tous aussi peinés que Bertram...

Naal réfléchit quelques instants et reprit :

— Qu'est devenue la maison de Tiana ? Vous l'avez détruite ?... J'ai remarqué que le village comportait trente-trois demeures. Or, c'est exactement votre nombre...

— Tu possèdes le sens de l'observation, dit Mikel. Eh bien ! tu as deviné ! Nous avons détruit cette maison qui ne servait plus.

— Il y a tout de même une chose que je ne comprends pas... Pourquoi des maisons individuelles et non pas une maison par couple ?

— Nous avons toujours vécu ainsi.

La conversation ne s'orientait pas exactement dans le sens souhaité par Naal. Il tenta de corriger.

— Quelle est ta compagne, Mikel ?

— Aujourd'hui, c'est Lyora !

Naal avait-il bien entendu ? Décidément, tout ici était fait pour le dérouter. Il se planta devant Mikel.

— Tu as bien dit... « aujourd'hui » ?... Cela veut-il dire que demain tu auras une autre compagne ?

— Tu poses beaucoup de questions, Naal, mais tu as le mérite de comprendre très rapidement. Oui, demain j'aurai une autre compagne... Remarque que ce n'était pas ainsi avant la mort de Tiana. Nous formions des couples inséparables... Tout a changé le jour où Bertram s'est trouvé seul. A ce moment-là, nous avions pensé que nos compagnes respectives seraient, à tour de rôle, et pour un jour, la compagne de Bertram. Puis nous avons trouvé mieux... Nous changeons maintenant de compagne tous les jours. De cette façon, nous sommes tous comme Bertram. L'égalité est préservée.... Nous ne sommes seuls qu'une fois sur dix-sept !... Ton arrivée va encore modifier cela, Naal. A présent, chaque homme sera seul deux fois sur dix-huit.

Naal était à cent lieues de s'attendre à de pareilles révélations. Il ne savait que penser. Admettre que les couples n'étaient jamais les mêmes, admettre que tous avaient accepté ce « système » afin que Bertram ne soit pas seul, le dépassait. Et lui, nouveau venu, était immédiatement accepté !

— Je suis certainement stupide, Mikel, mais cette fois, je crains de n'avoir pas compris... Qu'est-ce que l'amour, pour toi ?

— L'amour ? Mais c'est tout, Naal ! Tout !

— Quelle était ta compagne avant la mort de Tiana ?

— C'était Iane. Pourquoi ?

— Tu ne l'aimes plus ?

— Si. J'aime tout le monde ici ! Nous nous aimons tous ! Pas toi ?

— Si, bien sûr !... Mais si Iane était ta compagne, tu devais l'aimer encore plus, non ?

— Non. Je ne vois pas ce que tu veux dire...

Naal avait compris, lui. Il se trouvait pris à son propre piège. Comment expliquer à Mikel qu'il éprouvait pour Tessa un amour qu'il ne pouvait partager ? Comment expliquer qu'il était bêtement devenu jaloux à la seule idée que Tessa pût être la compagne d'un autre homme ?

Il s'en voulait. Il se sentait ridicule. Que s'éta t-il

imaginé ? Qu'il allait arriver dans ce village et choisir son épouse ? Que chacun allait, sans mot dire, lui laisser la place ?

Ne lui avait-on pas donné suffisamment ?

— Te voilà bien silencieux, tout à coup, lui fit remarquer Mikel.

— Je... je réfléchissais. Votre vie diffère totalement de celle que j'ai menée jusqu'ici. Il faut que je m'habitue...

— Ce n'est que cela ? Tu me rassures... Ce soir, c'est toi qui seras le premier. Tu inviteras ta compagne.

— Moi ?... Pourquoi moi ? Je viens d'arriver... Les autres pourraient s'y opposer.

Mikel éclata de rire.

— Ne crains rien. Ils seront tous d'accord. Il faut bien un premier, non ?

— Certes ! Mais la femme n'est-elle pas libre de me refuser ?

— Pourquoi le ferait-elle ? Il n'y a aucune raison.

— Tout cela me trouble, Mikel. Vous n'avez jamais de querelles ?... Qu'arriverait-il, par exemple, si deux hommes choisissaient la même femme le même jour ?

— Là encore, il y a un premier ! L'un parlera forcément avant l'autre ! Et puis, nous avons un tour à observer... Il n'y a jamais de querelles, Naal. Chacun est trop respectueux de l'autre pour se montrer désagréable. Nous sommes tous égaux. Nul ne reçoit plus qu'un autre... Viens, à présent, nous avons assez discuté. Toutes tes questions trouveront une réponse dans les jours à venir...

— Où m'emmènes-tu ?

— On retourne au village ! Je suis sûr que les autres t'attendent avec impatience... Ah ! N'oublie pas d'inviter ta compagne. C'est simple : tu lui prends la main. Elle comprendra.

Naal ne savait plus s'il était heureux ou malheureux. Il ne réalisait pas encore qu'il renaissait, qu'il entrait dans une nouvelle vie. Ses souvenirs de Xaar étaient encore trop puissants.

— Il y aura du poisson à manger, ce soir, déclara Mikel. Demain, nous irons cueillir des champignons et des fruits... Mais nous avons encore le temps de penser à cela ; la nuit n'est pas près de tomber... Que dirais-tu d'une petite fête ?

CHAPITRE X

Le grand feu mourait. On ne l'alimentait plus, mais il était encore assez fort pour jeter parfois quelques flammes claires qui rendaient rouges les visages de ceux qui étaient assis autour de lui. Ce soir-là, Naal était heureux. Avant le repas, lequel s'était composé de poissons divers, on s'était baigné dans les eaux du lac, on avait trouvé de nouveaux jeux. Les cris, les rires s'étaient mêlés. C'était la fête. Puis, on avait allumé un grand feu de bois, et on avait dansé et chanté. Les hommes possédaient une voix admirable capable d'atteindre des graves étonnants. Les femmes, elles, étaient de véritables sources limpides ; les aigus de leur voix avaient la pureté du cristal.

Sur les bords du lac, le calme était revenu. On méditait ainsi qu'on le faisait chaque soir avant de se coucher. Naal en profita pour clarifier ses idées. Il se sentait encore perdu, malgré tout ; il devait s'adapter à sa nouvelle vie. On l'avait accepté sans savoir qui il était réellement. On l'avait accueilli dans cette société où l'égalité était un souci permanent ; cette égalité allant jusqu'au terme de la logique froide et même inhumaine. Mais le peuple du lac était libre et heureux.

Et Naal le serait également. Il avait pris place au sein d'une grande famille qui le considérait comme l'un de ses membres. Il allait vivre au milieu d'êtres bons dont le cœur débordait d'amour. Des êtres qui, en plus d'une âme admirable, possédaient une surprenante beauté...

Naal, avec raison, pensa avoir trouvé le monde idéal. Bien sûr, il lui fallait adopter d'autres idées, une autre manière de vivre. Oui, il devait oublier Xaar pour devenir comme ces femmes, comme ces hommes. L'affaire de quelques jours... Il s'habituerait très vite au bonheur permanent, à cette vie débarrassée de toute laideur.

Le feu était presque éteint lorsque l'on se sépara. Il restait quelques braises parmi les cendres, mais il n'y avait plus la moindre petite flamme.

A présent, le lac reflétait la nuit, et ses eaux calmes empruntaient au ciel ses étoiles, attirait la lune dont il décomposait la lumière en subtiles touches d'argent. Toute sa surface était parcourue de légers frissons. En prêtant l'oreille, on entendait les discrets clapotis, les petits bruits confus qui indiquaient que la nature n'était pas tout à fait endormie.

Les couples partirent chacun de leur côté. Deux hommes, Mikel et Wiam, restèrent seuls. Ils regagnèrent leur demeure sans un mot.

Naal se laissa entraîner par Tessa. Elle le conduisit jusqu'à la porte de sa petite maison, mais Naal déclara qu'il préférait marcher un peu. De fait, il voulait surtout s'isoler, se tenir loin des autres, être seul avec Tessa.

Elle le suivit.

Ils marchèrent la main dans la main, s'éloignèrent du village et du lac. Bientôt, ils n'eurent plus que les arbres et la lune comme compagnons. Naal était silencieux. Il aurait cependant voulu dire à Tessa combien il l'aimait. Son cœur battait de façon désordonnée. Elle était là. Elle lui donnait la main. Elle l'accompagnait. C'était presque un rêve... Il l'aimait. Et elle ne serait jamais à lui !

La lune, parée d'un immense manteau semé de diamants, avait fait alliance avec l'herbe tendre pour former un lit d'amour.

Tessa et Naal avaient ôté leur unique vêtement. Ils se regardèrent longuement avant de glisser dans une poésie érotique où les mots étaient exclus. Ils se plongeaient dans un univers soyeux qui les enivrait.

Tessa, divinement belle, offrait son corps à Naal. Et Naal laissait courir ses mains sur lui...

Tessa au doux visage, aux seins magnifiques... Tessa amour-femme... Tessa au corps souple... Tessa que Naal étreignait, pénétrait, embrassait.

Il l'aimait.

Elle répondait à ses caresses, à ses baisers, conquise par la volupté.

La fièvre les avait pris tous deux et ils étaient prisonniers de ses lacs. Leur désir devenait plus puissant de seconde en seconde. Ils brûlaient comme du bois sec, donnant l'un et l'autre le meilleur d'eux-mêmes. C'était une montée vers un bonheur intense. Une montée qui s'accentuait. Ils s'élevaient, atteignaient des sphères ignorées, emportés par leur amour dévorant.

Tout le reste était superflu.

Naal vibrait tandis que Tessa s'épanouissait... Tessa aux cuisses nerveuses... Tessa à la bouche avide...

Tessa que Naal adorait.

Leur bonheur atteignit son acmé alors que leurs

deux corps n'en faisaient plus qu'un. Mais si pour la belle Tessa le sublime se traduisit par un long soupir, il n'en fut pas de même pour Naal qui, une fois encore, reçut des clichés.

Ces derniers furent si violents, cette fois, que Naal laissa échapper un gémissement en appuyant fortement ses poings sur ses tempes. Un tourbillon vertigineux l'emportait, l'enfermait dans un immense et infernal kaléidoscope. Les images étaient animées de pulsations lumineuses qui lui faisaient mal. Il se leva, abandonna Tessa. Celle-ci se demanda certainement pourquoi son compagnon, brusquement, se détachait d'elle. Mais elle ne posa aucune question. Naal fit quelques pas, comme si le fait de bouger eût pu lui ôter la douleur qui lui traversait le cerveau. Xaar était loin, certes, mais les clichés continuaient à le harceler. Il en serait probablement ainsi jusqu'à ce qu'il retrouve sa véritable personnalité. Projections rapides, formes plus ou moins distinctes, lumières vives, ombres fixes ou mobiles alternaient. Elles étaient accompagnées de sons, de voix déformées... Quelques images, pourtant, se dégagèrent du magma. Naal vit son bras dans lequel pénétrait une aiguille. Il fit effort pour conserver cette vision. Déjà, il distinguait mieux la seringue, il voyait les mains de l'homme qui la tenait. En insistant, il fit reculer les contours flous. L'image se précisa. Naal vit alors le visage de l'homme. Cheveux gris, front haut, yeux vifs sous d'épais sourcils, nez droit, lèvres minces... L'homme était vêtu de blanc. La pièce dans laquelle il se trouvait ressemblait un peu à ce que le vieil Arik avait appelé « la salle de tortures ». Il y avait là tout un ensemble de choses bizarres qui luisaient.

Naal remarqua que la douleur se calmait lorsqu'il faisait effort pour garder l'image. Il persévéra, désira aller plus loin, découvrir sa vérité. Déjà, les clichés qu'il recevait se manifestaient plus longtemps. Certains étaient relativement précis, et Naal parvenait de plus en plus à les retenir, à les dominer. Bientôt, le voile se déchirerait en entier et ainsi ne dissimulerait plus rien. Naal connaîtrait son passé...

Il entendit un nom. Un nom qui jeta le trouble dans son esprit. Ce nom, il l'avait déjà entendu. Il en était absolument sûr ! Mais ce n'était ni chez les Jaunes ni chez les Bleus.

Ailleurs...

Un étrange mot qui signifie tout et rien.

Ailleurs ?... Naal ne venait donc pas de Xaar ?

Dans ce cas, pourquoi s'était-il réveillé dans la ville jaune ? Et comment était-il venu à Xaar ? Et surtout : pour quoi faire ?

Peut-être quelqu'un l'avait-il envoyé ?... Qui ? Cet homme vêtu de blanc ?

Et ce nom ? Que signifiait-il ?

Naal le répéta plusieurs fois :

— Arel Hogan... Arel Hogan... Arel Hogan...

Que signifiaient ces images ? Étaient-elles liées à ce nom ?

Naal tentait de reconstituer le puzzle démentiel en utilisant les quelques éléments dont il disposait. En vain. Il manquait trop de pièces. Le puzzle était gigantesque, difficile, secret. Mais Naal savait maintenant que son histoire, pour une raison qu'il ignorait encore, était liée à celle de Xaar... Xaar, la ville-monstre qu'il avait quittée. Xaar où il ne pourrait pas revenir.

— Arel Hogan !...

Naal répéta encore ce nom dans l'espoir de faire jaillir d'autres clichés. Mais ses visions s'effacèrent.

Il revint à la réalité palpable. Tessa était près de lui, plus belle que jamais dans sa radieuse nudité. Elle ne disait mot. Lorsqu'elle lui tendit les bras, il s'y réfugia, cherchant le merveilleux contact de la peau nue. Presque instantanément, il oublia les images, ne pensant plus qu'à la femme qu'il aimait.

Et s'il partait avec Tessa ?

Cette idée lui vint tout naturellement. Il n'acceptait pas (pas encore) la logique du peuple du lac. Son amour pour Tessa ne pouvait se partager. Les autres femmes, pourtant très jolies, ne l'intéressaient pas.

— Partons ensemble, Tessa, dit-il tout à coup. Partons loin d'ici.

— Partir ? fit-elle. Pourquoi ?

— Parce que... Parce que je t'aime, Tessa ! Parce que je voudrais que nous fassions notre vie ensemble.

— Je t'aime, moi aussi, Naal, mais je ne comprends pas pourquoi tu veux t'en aller... Tu n'es pas bien parmi nous ?

— Ce n'est pas cela... Je voudrais que nous soyons deux, que notre amour se résume à toi et moi ! Je ne conçois pas l'idée que tu... enfin ! les autres hommes ne peuvent pas t'aimer comme je t'aime !

— Mais... Il n'y a qu'une façon d'aimer !

— Non, Tessa... Je ne veux pas te partager ! Tu seras entièrement à moi, et moi, je vivrai uniquement pour toi, comprends-tu ?... Nous formerons un couple heureux...

— Mais si nous faisons comme tu dis, nous allons rompre l'équilibre ! Or, cela ne doit pas se produire. J'aime tous les hommes, et eux m'aiment aussi !

— Mais mon amour est plus fort que le leur, Tessa ! Il est plus fort puisqu'il t'est uniquement destiné !... N'aimerais-tu pas avoir un enfant de moi ?

— Un enfant ?... J'en ai déjà plusieurs... Nous avons tous des enfants. Ce sont les vieux qui les élèvent.

— Je sais... Mikel me l'a dit.

Naal soupira, observa quelques instants de silence et reprit :

— Ah ! Tessa ! Comment t'expliquer ce que je ressens ? Comment te dire que mon amour ne souffre pas la présence d'un autre homme auprès de toi ? Partons, Tessa ! Partons !

— Non ! Ma place est ici, avec ceux qui sont miens !... Tu peux partir, Naal, puisque tel est ton désir. Personne ne te retiendra. Mais si tu restes, tu seras comme nous tous.

Tessa avait prononcé ces paroles sur un ton très naturel. Il n'y avait pas l'ombre d'un reproche dans sa voix. Elle trouvait parfaitement normal que Naal songeât à partir.

Naal réfléchit. Les idées les plus contradictoires se bousculaient dans son cerveau. Comment, lui qui prétendait aimer Tessa, comment concevait-il la vie ? Le véritable amour ne commence-t-il pas avec le respect ? Pour aimer ne faut-il pas d'abord comprendre ? Et Naal comprenait-il Tessa ? Non. Il ne comprenait pas Tessa, ni les autres qui pourtant lui avaient offert une place au milieu d'eux ! Lui, le fugitif, avait-il le droit d'imposer ses propres idées au risque de menacer l'équilibre d'un peuple qui vivait au-dessus des jalousies ? Naal avait-il le droit de détruire cette harmonie qui régnait chez le peuple du lac ? N'allait-il pas, avec ses idées, transformer ces hommes et ces femmes en réveillant en eux des sentiments oubliés ? Lui, l'étranger qu'on avait accueilli, avait-il le droit de faire le mal alors qu'il avait reçu le bien ? Devait-il faire preuve d'intolérance, lui qui, à Xaar, avait été rejeté parce qu'il avait été tolérant ?

Ces questions lui firent mal. Parce qu'elles étaient sincères. Il est souvent dur de reconnaître la vérité lorsqu'il s'agit de soi. Pourtant, si l'on veut progresser, si l'on veut s'élever, il faut d'abord aller au fond de soi, se connaître. Les défauts sont là, bien cachés mais l'homme sincère les trouvera facilement.

Mais Naal ne se connaissait pas. Tout son passé avait été effacé. Cela expliquait sans doute ses réactions, ses intuitions, ses erreurs, sa manière d'agir ?

— Je reste, dit-il à Tessa. J'essaierai de comprendre…

— Tu aimeras, Naal. Et tu seras aimé… Ce bonheur que tu désirais me donner, tu le partageras, et ta joie sera d'autant plus grande car tu recevras de tous…

— Ma plus grande joie, ce sera toi, Tessa, car même si je parviens à vous comprendre, je ne cesserai pas de t'aimer comme en ce moment !

— Je n'ai rien de plus que les autres, Naal. Absolument rien !

— Si… Tu es toi !

Tessa eut une réponse hermétique dont Naal ne devait saisir le sens que bien plus tard.

— Non, Naal… Je suis tous. Et tous sont moi !

Elle ajouta :

— La nuit n'est pas terminée. Pourquoi parler sans cesse ?

Naal ne répondit pas. Il renversa Tessa doucement. L'herbe les reçut tous les deux.

Durant les quelques heures qui précédèrent le lever du soleil, Naal fit semblant de croire que Tessa était à lui pour toujours.

CHAPITRE XI

La maison de Naal fut construite en dix jours. Naal, aidé par le peuple du lac, fabriqua le torchis, laissa sécher au soleil les cubes d'argile, les assembla. On travailla, mais on s'amusa aussi. Petit à petit, Naal se rapprochait des membres du village.

Au cours de ces dix jours, il reçut quelques vagues clichés qui ne lui apportèrent aucun élément nouveau. Il demeurait le Naal secret et impénétrable.

Il participa aux jeux avec plus ou moins d'enthousiasme, apprit à pêcher, à trouver les champignons comestibles. Il accompagna divers groupes chargés de rapporter des fruits. Le soir venu, il découvrait une autre femme, cherchant, dans ses étreintes, à retrouver ces instants de bonheur qu'il avait connus avec Tessa.

Tessa qu'il aimait de plus en plus.

Souvent, il se demanda s'il parviendrait à ressembler à Mikel, à Wiam, ou encore à Bertram. Voir Tessa dans les bras d'un autre homme le rendait malade. Pourtant, il jurait qu'il comprendrait, s'efforçant de ne laisser rien voir de ses sentiments. Il analysait sa situation, tentait de définir ce qu'il ressentait, restait parfois de longues heures sans prononcer une seule parole. Personne ne lui faisait de reproche. On le respectait.

Il comptait les jours. Encore huit, et Tessa serait de nouveau sa compagne. Il ne vivait plus que pour l'instant où elle viendrait à lui, le sourire aux lèvres...

Le soleil se leva pour la onzième fois depuis l'arrivée de Naal au village. La veille, une chose avait fortement intrigué le jeune homme. Comme tous, il avait pris part à la période de méditation, traçant en pensée les grandes lignes de son avenir. Un avenir qu'il espérait plus heureux. Certes, il existait une différence énorme entre Xaar et le village. Pourtant, Naal n'était pas satisfait. Le soir, il avait demandé :

— Quand irons-nous voir les enfants ?

Sa compagne lui avait répondu :

— Mais... Nous sommes revenus ! Nous avons vu nos enfants dans la méditation et nous leur avons parlé ! Nous nous sommes mêlés à eux... Tu n'as donc rien vu ?

— Non, avait avoué Naal, surpris. Non, je n'ai rien vu...

— Tu ne t'es pas isolé suffisamment, Naal.

Il n'avait pas insisté. A quoi bon ? Cependant, à force de réfléchir, il en était arrivé à la conclusion suivante : le peuple du lac voyageait EN PENSÉE ! Grâce à leurs facultés mentales, hommes et femmes communiquaient avec les enfants ! Pour eux, la distance n'était rien.

Les enfants...

Naal aurait aimé les voir, les toucher, leur parler. Il aurait également voulu rencontrer les vieux.

Dans quelques jours, il demanderait à Tessa de le conduire là où on élevait les enfants. Elle ne refuserait pas, il le savait. Les enfants et les vieux constituaient une sorte de pivot, une charnière qui l'aiderait à comprendre...

Il fit donc de la patience son alliée.

Le onzième jour, alors qu'il venait de se baigner, Bertram lui dit de se hâter. On devait partir.

— Partir ? s'étonna Naal. Où allons-nous ?

— Loin. De l'autre côté du lac, à un endroit que nous appelons la Falaise... En cette saison, les fruits abondent. Et, tu verras, le paysage est très beau.

— Bon. Je viens... Faut-il prendre une coupe d'argile ?

— Bien sûr ! Nous allons ramener tout ce que nous pouvons.

Quelques instants plus tard, le peuple du lac se mettait en marche. C'était la première fois que l'on partait si tôt le matin. Du moins pour Naal.

Il faisait un temps splendide.

Naal marchait au côté de Cyll, sa compagne du jour. Ils se souriaient. Elle était rousse. Ses longs cheveux formaient une cascade flamboyante sur ses épaules. Sa généreuse poitrine gonflait le tissu de sa tunique. Elle était très désirable, et son sourire avait à la fois quelque chose d'ingénu et de pervers. Ce fut ce que Naal interpréta. En fait, Cyll n'était ni ingénue, ni perverse. Elle était elle-même.

Sans savoir très bien pourquoi, Naal eut subitement envie d'elle. Peut-être pour échapper à la vision qu'offraient Tessa et Wiam ?

Il se contenta de saisir la main libre de Cyll.

La jeune femme, cependant, crut deviner ses pensées intimes. Elle demanda :

— Tu as envie de moi ?

— Oui, répondit-il sans réfléchir.

Cyll accentua son sourire, découvrant des dents très blanches et très régulières. Ses lèvres pulpeuses et humides traduisaient la gourmandise de cette bouche ô combien attirante !

— Arrêtons-nous...

— Nous venons à peine de quitter le village, dit Naal.

— Quelle importance ?

— Et les autres ?

— Ils continueront sans nous... Nous les rejoindrons un peu plus tard. D'ailleurs, certains d'entre eux s'arrêteront également...

Naal fit encore quelques pas, eut un bref regard pour Tessa qui marchait à une vingtaine de mètres devant lui.

— Viens ! dit-il.

Cyll parut satisfaite. Elle suivit Naal qui s'écartait de la bordure du lac pour s'enfoncer dans les frondaisons. Sans attendre, ils déposèrent dans l'herbe leur coupe d'argile. Ils se déshabillèrent.

Cyll possédait un corps potelé mais harmonieux. Sa poitrine était forte mais ferme. Ses seins aux auréoles rosées se dressaient fièrement, équilibrant son anatomie de déesse.

Lorsque Naal s'approcha d'elle, elle se déroba, se mit à rire comme une enfant.

— Allons ! lui lança-t-elle. Attrape-moi !

Il la regarda courir. Elle était souple.

Il s'élança.

— Plus vite, Naal !

Elle lui échappait sans cesse, se cachait, réapparaissait. Naal ne se lassait pas de ce jeu qui ne faisait qu'augmenter son désir. Le ventre en feu, il n'avait plus qu'une pensée ; serrer Cyll contre lui. Il oublia Tessa qui, avec son compagnon, poursuivait son chemin. Il oublia aussi tous les autres. La Falaise était loin encore...

Cyll avait encore disparu. Il la chercha.

Soudain, il entendit rire dans son dos. Elle était là. Une nouvelle fois, elle se sauva, sans doute consciente de l'excitation qu'elle provoquait chez Naal. Elle se dissimula parmi les arbustes.

Il la retrouva, une ou deux minutes après, mais elle ne chercha plus à s'échapper. Elle était allongée dans l'herbe, yeux clos, lèvres entrouvertes, le corps offert aux rayons du soleil.

***

Cyll et Naal arrivèrent à la Falaise alors que l'on avait depuis peu commencé la cueillette des fruits. Bertram n'avait pas menti en déclarant que le paysage était magnifique. Ces collines enchantées étaient un régal pour les yeux. La végétation, formée par des essences diverses, offrait ses coloris les plus nuancés. Le bleu limpide du ciel contribuait à rehausser l'éclat des fleurs et des arbres. En cet endroit, les pommiers étaient nombreux et, en bordure des bosquets, il y avait des mûres à profusion.

Naal vit le lac qui s'étalait à quelque soixante mètres plus bas. La colline avait été comme coupée, et cela formait un à-pic, d'où le nom de Falaise donné par le peuple du lac. Il y avait eu un glissement de terrain, un accident quelconque certainement très ancien. Naal ne s'interrogea pas. Il subissait. Il admirait la beauté sans voile de la nature. En bas, juste au pied de la Falaise, des rochers aux arêtes encore vives avaient jadis appartenu à la colline. Des rochers que léchaient les eaux paresseuses.

— Que fais-tu, Naal ?

Entendant la voix de Cyll, Naal s'arracha à sa contemplation. Il rejoignit la jeune femme et se mit à cueillir des mûres. Il se souvint de celles qu'il avait mangées avant d'arriver au village. Il sourit. Il détacha un fruit, l'examina, le porta à sa bouche et l'écrasa entre sa langue et son palais. Il goûta le jus sucré. C'était bon.

— Dis-moi, Cyll... Sommes-nous loin de l'endroit où sont élevés les enfants ?

Il avait posé cette question à brûle-pourpoint tandis qu'il remplissait son récipient.

— Non, répondit simplement la jeune femme.

— Tu pourrais me montrer la direction à suivre ?

— Non. Tu dois la trouver toi-même.

— Comment ?

— En méditant.

Naal se tut. Ce que lui disait Cyll était trop hermétique. Cela, pourtant, contrastait avec la simplicité du peuple du lac. Naal aurait presque juré qu'on lui cachait quelque chose. A certaines questions, on ne lui répondait qu'en termes évasifs ou en images. Il sentait qu'il existait une vérité sous-jacente. Un secret. Cette histoire d'enfants élevés par des vieux le préoccupait.

Pourquoi ces enfants étaient-ils éloignés du village ? Comment vivaient-ils ?

Naal ne put réfléchir davantage. Des chants s'élevaient. On remerciait la nature pour ses présents.

On dansa.

Assis près de Cyll, Naal ne quittait pas Tessa des yeux. De nouveau il subissait son charme et la torture le reprenait. Il n'avait pas envie de se mêler aux jeux. Déjà, il ne se souvenait plus des instants de fièvre passés avec Cyll. Tessa seule occupait son esprit. Non ! Décidément, il ne s'attacherait pas à une autre... Mais il ne pourrait pas non plus vivre continuellement dans l'ombre de celle à qui il vouait un véritable culte d'amour. Il avait tenu dix jours déjà ! Dix jours ! C'était beaucoup. A présent, sa volonté allait faiblir. Ses sentiments prendraient le pas sur sa raison...

Le tourment. Les mêmes hypothèses. Enlever Tessa, fuir avec elle ! C'était le seul moyen. Tessa comprendrait plus tard. Elle se ferait à son image, finirait bien par accepter sa nouvelle vie...

Non. Elle serait malheureuse...

Naal était déchiré par ses pensées. Tantôt, il était décidé à employer la force, tantôt il cédait à la douceur. Emmener Tessa, c'était l'avoir enfin pour lui seul. C'était l'aimer sans cesse. C'était vivre avec elle. Mais, ce bonheur, combien de temps durerait-il ? Tessa parviendrait-elle à oublier les siens ? Naal ne se sentait pas le droit de la sacrifier à son égoïsme. Tessa avait le droit d'être heureuse, d'être libre. Or son bonheur se trouvait là, parmi ses semblables.

Naal soupira. Après tout, n'était-il pas mieux au village qu'à Xaar ?... Personne ne l'obligeait à penser Jaune ou Bleu, et il ne risquait pas inutilement sa vie dans la ville noire ! Pas d'étiquettes ! Pas de contraintes ! Pas d'Ougouls ! Pas d'esclaves !

On vivait au jour le jour. On était libre.

Chants et danses se poursuivaient. Cyll était allée rejoindre les autres femmes sans s'occuper de Naal. Celui-ci sentit une fois encore combien il était différent de ceux qui l'entouraient. Il demeura seul, assis à l'écart, observant Tessa.

Sa place était-elle chez ce peuple ?

Un grand cri répondit à sa question. Un cri poussé par toutes les bouches en même temps. Lui, Naal, n'avait pas crié, mais il s'était dressé d'un bond, pâle comme la mort.

Il fit « non » de la tête. Sa lèvre inférieure trembla. Pendant quelques secondes, ses yeux restèrent agrandis par l'effroi.

Tessa venait de tomber. Elle s'était approchée trop près du bord de la Falaise. Le sol s'était dérobé sous ses pieds !

Naal refoula en bloc les clichés qui recommençaient leur sarabande. Il hurla, se précipita sur les lieux du drame. Soixante mètres plus bas, le corps de Tessa gisait sur les rochers.

Comme tous, Naal était paralysé. Ce qui venait d'arriver lui apparaissait comme une impossibilité. Il n'y croyait pas. Pas encore.

Tessa ! Non ! Ce n'était pas vrai ! Tessa ! Morte ? C'était inconcevable !

Pourtant, au pied de la Falaise, il y avait un corps qui ne bougeait plus. Un pauvre petit corps fracassé !

Brusquement, Naal quitta ses compagnons, trouva un chemin qui descendait en pente raide, perdit l'équilibre, tomba. Il glissa et trébucha plusieurs fois au cours de sa descente. C'était un vrai bolide qui dévalait la colline. Il dut effectuer quelques détours avant d'arriver au bord du lac.

— Tessa…, murmura-t-il.

Il crut qu'un poids énorme l'écrasait. Il s'arrêta, haletant, les yeux fixés sur cet amas de rochers duquel il n'osait pas approcher. Là, à une centaine de mètres, un corps qu'il n'apercevait pas…

— Tessa…, souffla-t-il.

Il leva la tête, eut une pensée chargée de haine pour cette Falaise maudite. Son regard glissa lentement le long de la paroi, fut attiré par les rochers…

Mais non, ce n'était pas Tessa ! Ce ne pouvait être Tessa ! Il avait mal vu ! C'était une autre qui était tombée… Mais pas Tessa ! Non ! Pas Tessa !

Il avança, raide, le visage marqué par une expression douloureuse. Du haut de la Falaise, on l'observait.

Il avait peur. Peur de ce qu'il allait découvrir. Peur de voir Tessa immobile. Peur de voir son corps disloqué !

Pourtant, il continua à avancer. Chaque pas était un supplice. Il pleurait. Il savait bien qu'il s'agissait de Tessa.

— Ce n'est pas possible ! Pas possible !

Il atteignit les rochers. Son cœur bondissait dans sa poitrine. C'était comme s'il allait éclater sous la souffrance. Naal se faufila entre deux gros rocs, découvrit le corps de Tessa. Il crispa les poings, ferma les yeux, les rouvrit.

Morte ! Elle était morte ! Du sang coulait le long d'un bras, il maculait aussi la tunique. Tessa ne bougeait plus…

Du sang dans ses cheveux… Du sang sur ses lèvres…

— Tessa ! hurla Naal, fou de douleur.

Il se précipita sur la malheureuse, l'étreignit, demeura dans la même position pendant un temps qu'il ne sut évaluer. Il prononçait des phrases sans suite ; des phrases dont les mots étaient déformés ou étouffés par une peine immense.

— Tessa...

Naal se redressa. Son visage devint dur comme la pierre.

Avec une douceur infinie, il enleva Tessa. Il quitta l'amas de rochers, fit quelques pas en bordure du lac, déposa son fardeau.

Il s'agenouilla, demeura prostré.

Quand il se releva, il vit Bertram, Mikel et tous les autres. Ils étaient muets. Leur visage était blême.

Naal parvint à articuler :

— Elle... elle est... morte !

Un silence, puis :

— Comme la pauvre Tiana, dit Wiam.

— Ôtons-lui sa tunique, décida Mikel.

— Nous détruirons sa maison, fit Bertram.

C'était une bien étrange oraison funèbre. Mais Naal n'avait rien entendu.

Deux hommes déshabillèrent Tessa. Naal serra les dents lorsqu'il vit les plaies, et ce sang... Mais il crut mourir lui aussi quand il s'aperçut que la nuque de Tessa avait été profondément entaillée...

Un éclat brillant attira son regard. Naal n'eut pas à examiner la plaie bien longtemps pour comprendre l'horreur de la réalité. Les images et les clichés qu'il essayait encore de refouler ne lui permettaient pas de douter. Tessa était un robot !

CHAPITRE XII

Un robot ! Tessa n'était rien d'autre qu'un robot !
C'étaient tous des robots !

« Je suis tous, et tous sont moi » avait dit Tessa. A
présent, Naal comprenait. Réalité hideuse ; vérité qui
déchire...

— Tous des robots ! hurla Naal. Ce sont tous des
robots !

Il eut un rire dément, s'éloigna, se laissa tomber.

Frappant le sol de ses poings, il répéta :

— Des robots !... Des robots !

Il mesurait l'horreur de la réalité ; cette réalité qui
possédait en outre un côté ridicule. A Xaar vivaient des
êtres humains, lesquels voulaient à tout prix ressembler à des robots, avec leurs cartes, leurs appartenances, leurs lois, leurs idées toutes faites. Ici, c'était
exactement le contraire : les robots, imitant les
humains, respectaient la liberté de chacun ! Les robots
étaient devenus des hommes ! Ils poussaient le jeu
jusqu'à se persuader qu'ils se reproduisaient, qu'ils
avaient des parents, des enfants ! Ils s'inventaient une
famille au cours des périodes de méditation. Les robots
aimaient comme les hommes auraient dû aimer... Les

robots étaient libres comme les hommes auraient dû être libres... Ils étaient égaux parce qu'ils étaient des robots ! Ils étaient égaux devant toute chose alors que les hommes, eux, sont égaux parce qu'une loi a décidé qu'ils l'étaient.

Presque inconsciemment, Naal se demanda d'où venaient ces robots, car, après tout, ils étaient faits de chair ! Naal avait pu s'en rendre compte. Cette femme qu'il avait aimée, par exemple... Un corps de chair, aux formes sculpturales ! Un corps extraordinairement vivant ! Un corps qui connaissait les secrets de l'amour...

Les robots possédaient-ils des sentiments ou faisaient-ils semblant d'en avoir ? N'étaient-ils pas conditionnés pour agir en humains, comme ces esclaves conditionnés pour agir en robots ? Qui possédait des sentiments ? L'esclave-robot ou le robot-humain ?... Ou encore l'humain-robot de Xaar ?

D'où venaient ces robots merveilleux ? Qui donc les avait conditionnés ? Qui les avait fabriqués ?... Pouvait-il exister des robots de chair ayant, à la place du cerveau, un ensemble complexe de fils et de pièces métalliques ?... Oui, sans aucun doute. Et c'était pour cela, justement, qu'ils étaient des robots.

Naal n'en pouvait plus. Il ne résista pas plus longtemps aux clichés qui lui martelaient le crâne. Sa tête était en feu. D'atroces douleurs le firent hurler quand les images, pour la première fois, défilèrent à un rythme moins rapide.

La mort de Tessa, la découverte des robots avaient durement éprouvé Naal. Ces émotions trop vives avaient libéré un flot d'images extrêmement nettes...

Une salle... Une salle faiblement éclairée par une lumière verte dispensée par des boules de verre. Au

milieu de cette salle, une sorte de table au plateau carré
sur lequel est placée une grosse boîte transparente,
plus longue que large. A cette boîte sont reliés des fils
torsadés qui conduisent à d'autres boîtes plus petites,
de formes diverses, et comportant sur l'une de leurs
faces des aspérités, de minuscules boules luisantes, des
disques à l'intérieur desquels se déplacent des aiguilles.

Naal connaît cette salle ! Il la connaît même très
bien ! Pourtant, il ne parvient pas à établir le rapport
entre lui et ce lieu étrange. Mais ce rapport existe-t-il ?

Oui... Il croit se souvenir... Ces petites boîtes sont
des appareils qui disposent d'une énergie autonome...
Piles atomiques... Ces appareils n'ont besoin ni de
réglages ni de surveillance. Ils fonctionnent seuls,
assurant la bonne marche du bloc central...

Le bloc central...

Naa ignore ce que c'est... Ses souvenirs sont trop
imprécis.

D'autres villes. Très différentes de Xaar. Des gens
qui courent. Des grandes maisons qui s'effondrent. Le
sol qui s'ouvre et qui engloutit hommes, femmes et
enfants. Atroce spectacle. Des montagnes qui crachent
le feu. Tout tremble. Des lacs immenses se mettent en
mouvement. L'eau se transforme en colonnes gigantesques qui détruisent tout sur les côtes. Des pays
disparaissent. Des terres surgissent des eaux. Le vent
et le feu se déchaînent. Il y a des morts par milliers. Le
cataclysme dure et dure encore. Les volcans vomissent
leurs entrailles. Le sol tremble, se lézarde, se transforme. Les fleuves quittent leur lit, provoquent des
inondations. Dans les villes les explosions succèdent
aux explosions. Il n'existe aucun refuge pour les
humains. Le danger est partout. La mort a envoyé les
quatre grands éléments : l'air, la terre, le feu et l'eau.

La destruction se poursuit jour et nuit et semble ne pas vouloir s'arrêter. A chaque seconde, des centaines d'humains meurent. Panique. Folie. On fuit la mort pour aller vers la mort. Car celle-ci est partout. La surface de la planète continue à se transformer. On ne reconnaît plus les continents...

Après vingt-huit jours de destruction, il ne reste que des ruines très rares. Toutes les villes, ou presque, ont été soufflées, englouties, ou avalées par le sol mouvant ; elles ont été réduites en nuages de poussière par les explosions...

Plus rares encore sont les humains. Il y a eu une région du globe moins touchée. Malgré le désastre, des hommes et des femmes ont vécu. Quelques dizaines... Mais les morts se comptent par millions.

Des chiffres... 7... 6... 6... 6...

Naal sait. 7666 fut l'année de la mort.

Un homme et une femme errent, les yeux hagards. Parmi les ruines, ils cherchent de quoi se nourrir. Naal les a connus. Pendant un temps, il a cherché sa nourriture avec eux... Et puis...

Et puis, c'est le noir.

Des images manquent. Le puzzle est encore incomplet. Cependant, Naal sait qu'il n'a pas rêvé.

Un voile se déchire encore. Des hommes vêtus de blanc apparaissent. Naal a la sensation qu'il se trouve parmi eux. Tous font des gestes qui lui rappellent quelque chose. Cependant, il ne comprend pas. Son passé surgit de façon désordonnée et ne tient pas compte de l'ordre chronologique des événements.

De nouveau, Naal voit la salle éclairée par une lumière verte. Il est attiré par elle. Il a l'impression qu'elle va lui livrer tous ses secrets, qu'elle ouvrira les portes qui donnent sur ses souvenirs les plus lointains.

Le noir, encore...

*
* *
*

Naal se releva avec peine, réalisa qu'il se trouvait au bord du lac. Il vit les robots qui formaient un bizarre cortège. Ils entonnaient un chant funèbre, emportant le corps de Tessa.

Robots-humains ? Humains-robots ?

Qu'étaient-ils ?

Anéanti, Naal les suivit à distance. Comme eux, il emprunta le chemin qui conduisait au sommet de la Falaise. Il était tellement abattu, tellement éprouvé qu'il ne savait plus très bien ce qu'il faisait. Les jambes molles, il marchait pour marcher. Il suivait les robots comme l'aurait fait un animal fidèle. Il ne pensait plus. Subitement, sa tête était vide. Il était pris d'un violent dégoût pour la vie.

Tessa ! Tessa, un robot ! Il l'avait aimée, et il l'aimait encore ! Et il était encore jaloux des robots ! C'était insensé !

Bertram et Mikel, délicatement, déposèrent le corps de Tessa auprès d'un arbuste. Le peuple du lac fit cercle, s'assit et se plongea dans la méditation.

Halluciné, Naal les regardait, se demandant s'ils méditaient vraiment. A un moment donné, il eut envie de s'élancer pour leur dire ce qu'il pensait. Pour leur dire qu'ils n'étaient que des robots, qu'ils ne pouvaient pas avoir de sentiments, pas de parents, pas d'enfants. Pour leur dire que la mort de Tessa ne les touchait pas et qu'ils feignaient d'êtres attristés ! Mais il se retint. Il n'était pas sûr...

Quand la période de méditation fut terminée, les

robots se levèrent et, avec leurs coupes d'argile, avec des cailloux tranchants et des bâtons, ils creusèrent.

Ils ne parlaient pas, ne tournaient pas la tête. On aurait dit que la mort de Tessa les affectait vraiment. Comment savoir ? Non ! C'étaient des robots ! Et des robots n'éprouvaient pas de sentiments !

Pas de sentiments ?

Naal n'acceptait pas cette idée. Le soir de son arrivée, lorsque Tessa et lui s'étaient donnés l'un à l'autre, ce n'était pas de l'amour factice. Tessa avait aimé comme une véritable femme. Elle avait connu la joie de l'orgasme et son corps de déesse avait vibré...

Ils creusaient...

Lorsque le trou fut assez profond, ils posèrent leurs outils improvisés et, sans échanger un seul mot, reprirent leur méditation. Naal demeurait à l'écart et n'osait bouger. Le monde dans lequel il vivait était fou ! Complètement fou ! Un monde de paradoxes, de mystères, d'invraisemblances. Un monde où le réel et le fantastique étaient étroitement liés.

Pourtant, toutes ces absurdités devaient avoir une origine, du moins un point commun. Pour Naal, cela ne faisait aucun doute. Le mécanisme désordonné de ce monde devait malgré tout obéir à une loi...

Avec douceur, les robots déposèrent le corps de Tessa au fond du trou et le recouvrirent de terre. Cela se fit dans un silence absolu. Puis ils se dispersèrent, cueillirent toutes les fleurs qu'ils trouvèrent et vinrent les disposer sur la tombe.

Et ils se mirent à chanter.

Naal fut incapable d'en supporter davantage. Il se boucha les oreilles et s'enfuit.

***

Il revint le premier au village. Sans hésiter, il se dirigea vers sa maison, y pénétra pour prendre ce qui lui appartenait, c'est-à-dire pas grand-chose : une épée et un sac de peau. L'épée le fit penser au vieil Arik, et le sac de peau à Salma et à Lémok. Il était décidé à poursuivre sa route. Après avoir fui la ville-monstre, il fuyait le village du peuple du lac.

Tous des robots !...

Quand donc Naal rencontrerait-il de vrais hommes ? Des êtres qui ne soient pas des parodies d'humains ?

Il partait sans saluer ceux qui, une dizaine de jours plus tôt, l'avaient accueilli. Il partait, un indéfinissable malaise collé à ses pas. Il était mal dans sa peau. Il partait... plus loin...

C'était plus loin qu'il fallait aller. Il existait sans doute d'autres peuples, d'autres villes. Naal marcherait longtemps. Il marcherait jusqu'à ce qu'il trouve...

Mais peut-être n'y aurait-il rien au bout de son voyage ?

A présent, il ne voyait plus le village ni le lac. Il ne s'était pas retourné une seule fois avant de gagner les collines. Ce passé-là était mort.

Il réfléchissait. Allait-il devenir un vagabond ? Allait-il errer pendant des jours et des jours, poursuivant quelque chimère ? L'homme n'était-il pas une utopie ? Ne mourrait-il pas au fond de quelque piège ?

Quelle espérance restait-il à Naal ? Quelles joies l'avenir lui procurerait-il ?

La liberté ! Oui, Naal l'avait conquise. Mais il était seul, et la solitude n'est pas bonne pour l'homme.

Naal s'arrêta au sommet d'une colline, regarda le soleil rouge qui descendait sur l'horizon. Il s'assit sur une grosse pierre, les coudes sur les genoux, le menton posé au creux de ses mains. Il vit combien la nature était belle. Mais il n'eut pas le loisir de contempler les couleurs splendides du couchant. Son esprit était une fois de plus le réceptacle d'images venues du passé.

La salle à la lumière verte lui apparut. Il la vit très nettement, constatant en même temps que les douleurs n'accompagnaient plus sa vision. Il était attiré par cette salle sans savoir quel lien l'unissait à elle. Toutes les choses qu'il découvrait lui paraissaient encore trop fantastiques pour qu'il sût faire la part du réel et celle de l'imaginaire. Entre les deux, il y avait une barrière que Naal ne définissait pas. Mais l'homme le plus sensé, pourvu qu'il soit sincère, saurait-il la trouver, cette limite ?

Le cerveau de Naal était encore troublé, voilé. Lentement, le puzzle se reconstituait mais les éléments, si nets fussent-ils, n'étaient pas en nombre suffisant.

Où se trouvait cette salle ?

Naal essaya de se rappeler. Il fouilla sa mémoire comme jamais il ne l'avait fait. Il se concentra sur certaines images, sur des détails. Il provoqua l'apparition d'autres souvenirs figés...

D'autres souvenirs.

C'était... il y avait longtemps. Très longtemps... Mais tout était flou... Un bras que l'on tend. Une aiguille... Naal était couché... La salle verte... Un long couloir à peine éclairé... Des murs humides... Le bruit des pas sur les dalles... Une porte. Un autre couloir... Encore une porte... Un couloir qui n'en finit pas. Naal patauge dans l'eau... Une porte... Une pièce sans fenêtre... Un escalier. Une porte. La lumière... Naal titube. Impression de fatigue. Vertiges. Naal ignore où il se trouve... Il y a comme un brouillard autour de lui... Il continue d'avancer sans distinguer les formes

qui l'entourent... Formes sombres... Vertiges. Naal
perd connaissance...

— La ville jaune ! s'écria Naal. C'est la ville jaune,
j'en suis sûr !... C'est comme ça que j'y suis arrivé ! On
peut parvenir à la salle verte par la ville jaune !... Il faut
que je retourne à Xaar !

**

Naal laissa courir ses pensées le long de cette idée. Il
savait qu'il avait surgi dans la ville jaune, que ce
brouillard qui l'avait enveloppé n'était dû qu'à un
trouble de la vue. Il existait donc un passage qui lui
permettrait d'aller jusqu'à la salle verte ; cette salle
mystérieuse qui exerçait sur lui une attirance particulière. Naal était persuadé qu'en revenant en quelque
sorte à son point de départ, toute la lumière se ferait
sur son passé. A un certain moment, il se produirait
une étincelle qui arracherait tous les voiles, qui abat-
trait tous les murs ! Naal découvrirait son secret, se
connaîtrait lui-même. Dès lors, sa vie prendrait un
autre sens.

Un long frisson le secoua. C'était un frisson de
bonheur mêlé d'espérance. Mais il y avait un peu
d'appréhension également. Un peu de peur devant
l'inconnu. Subconsciemment, Naal savait qu'il allait
être projeté subitement dans un monde différent de
celui qu'il connaissait...

Oui, mais... il fallait aller à Xaar !

Certes, on le croyait mort ! C'était indubitable. Mais
s'il revenait à la ville, il y aurait certainement un Noir
assez malin pour le reconnaître...

Il passa une main sur son visage.

Le reconnaître ? Pas sûr ! Pas sûr du tout ! Sa barbe avait poussé...

Naal avait une chance. Il irait chez Lémok, lui expliquerait certaines choses et lui ferait part de son désir de se rendre dans la ville jaune. Avec l'aide des Réguliers, les difficultés s'estomperaient...

La salle verte...

Ailleurs... Oui. La salle verte était cet « ailleurs » qui appelait Naal. Son secret se trouvait à Xaar, et pourtant Naal était allé très loin pour le percer ! En quittant le village du peuple du lac, n'était-il pas prêt à parcourir le monde ?

Xaar ! Avec ses murailles ! Comme il souhaitait la revoir, à présent ! Xaar-La-Folle, Xaar-La-Monstrueuse, Xaar-La-Cruelle ne lui faisait plus peur !

Xaar ! Avec son palais et ses jardins qui occupaient le centre ! Avec la ville jaune qui encerclait ces lieux interdits ! Avec la ville bleue qui semblait contenir à la fois la ville jaune et le palais ! Avec la ville noire qui englobait le tout !

Xaar ! Avec ses habitants conditionnés ! Avec ses esclaves ! Avec ses robots !

Dès le lever du soleil, Naal prendrait le chemin de Xaar. Il emporterait des fruits dans son sac de peau, serait ainsi assuré de ne pas souffrir de la faim ou de la soif.

Le jour déclinait. Quelques nuages échevelés brûlaient encore à l'horizon. Avant de songer à dormir, Naal pensa à la façon dont il s'y prendrait pour pénétrer dans la ville. Et il n'oubliait pas que les Noirs s'entre-tuaient la nuit, et que les Ougouls gardaient la porte pendant le jour...

TROISIÈME PARTIE

AREL HOGAN

CHAPITRE XIII

A l'intérieur de la demeure, la paix régnait. Lémok et Salma discutaient comme ils avaient coutume de le faire avant le repas du soir. Ils parlaient souvent de leur avenir, du travail des Réguliers, et leur conversation se prolongeait lors du dîner et même après.

On gratta à la porte juste au moment où ils allaient se mettre à table.

— Sûrement l'un de nos frères, dit Lémok en allant ouvrir.

Salma acquiesça muettement, tendit une chandelle à son père, puis se rendit à la cuisine pour y chercher la viande et le pain.

Sans méfiance, Lémok ouvrit la porte. Il ne craignait rien ni personne, étant en règle avec la loi. Et nul, hormis les membres de sa société, ne savait qu'il était un Régulier. De plus, un éventuel ennemi n'aurait pas osé l'attaquer chez lui.

Il faisait presque nuit. Lémok éleva la chandelle à la hauteur de ses yeux. Il distingua un homme, pauvrement vêtu : un esclave-agriculteur. Lémok reconnaissait la courte tunique de toile grise que portaient tous ceux qui travaillaient la terre.

— Que fais-tu là ? demanda Lémok, surpris. Qui es-tu ?

— Je ne suis pas un esclave, Lémok... Laisse-moi entrer, nous serons mieux pour parler...

Le Régulier eut un haut-le-corps.

— Toi ?... Tu serais... ?

— Chut ! Ne prononce pas mon nom... Oui, c'est moi.

Lémok s'effaça devant l'homme, et lorsque celui-ci fut entré, il referma soigneusement sa porte.

— Naal ! Comment est-ce possible ?

En entendant prononcer le nom de Naal, Salma accourut.

— Naal ?... Mais qu'est-ce que tu viens faire à Xaar ? Tu es fou ! Si on te découvre, tu...

— Je sais ce qui m'attend, trancha Naal.

— Tu as déjà été arrêté une fois !

Naal ricana :

— Mais je me suis évadé !

— Nous l'avons appris. Cette histoire a fait assez de bruit !... Comment as-tu fait ?

— Ce serait beaucoup trop long à vous expliquer. Je vous raconterai tout ça plus tard...

— C'est incroyable ! Jamais personne n'a réussi à s'évader ! Et puis, on n'échappe pas à la condition d'esclave !... Un esclave n'est plus un homme...

— D'abord, dit Naal, je n'ai pu m'évader qu'avec l'aide d'un esclave qui avait, par je ne sais quel miracle, échappé au conditionnement ! Cet homme s'appelle Arik. C'est un Jaune !...

— Un Jaune ? Où est-il ?

— Hélas ! C'était un vieillard... Les Ougouls l'ont repris... Mais j'espère le retrouver !... Ce qui compte, pour le moment, c'est que je sois là. Et vivant ! Quant aux raisons qui m'ont poussé à revenir à Xaar, elles sont sérieuses !

Le ton était ferme. Lémok ne répliqua pas. Il désigna la table.

— Nous nous préparions à manger, Naal. Si tu veux partager notre repas...

— Merci, Lémok. Je ne demande pas mieux car j'ai grand faim... Voilà quatre jours que je ne me nourris que de fruits !... J'ai fait un long voyage.

Ils commencèrent à manger. Lémok et Salma se retenaient pour ne pas déranger Naal avec leurs questions. Ils le laissaient apaiser sa faim, guettant seulement l'instant où Naal se confierait. La viande rôtie dégageait un fumet délicieux.

— Je suis à Xaar depuis ce matin, dit tout à coup Naal.

Il rit, trempa un morceau de pain dans la sauce brune du plat.

— Je suis passé au nez des Ougouls !

Incrédule, Lémok s'arrêta de mastiquer.

— Ils ne t'ont pas remarqué ?

— Pas le moins du monde ! Surtout pas avec ces vêtements !... J'ai dû prendre ces derniers à un esclave-agriculteur, car, naturellement, il n'était pas question d'engager la conversation pour lui exposer mon plan. Il n'a pas réagi... Quant à moi, je me suis débarrassé de ce que je possédais... Ce matin, lorsque le groupe des esclaves est entré à Xaar pour apporter légumes, volailles, viande fumée, pain, etc, je me suis mêlé à lui. Les Ougouls m'ont laissé passer... Une fois entré dans la ville, je me suis caché dans une remise pour ne sortir qu'à la nuit tombante. Pour cela, j'ai attendu le départ des Ougouls et j'ai profité de la courte paix qui précède les tueries nocturnes du secteur noir...

— C'était un bon plan, approuva Salma.

Lémok laissa à Naal le temps d'avaler quelques bouchées et de boire un peu de vin. Puis il demanda :

— Pourquoi es-tu revenu ?

Naal posa son couteau, essuya sa bouche du revers de la main, répondit :

— J'ai besoin de toi, Lémok !... J'ai besoin de toi, mais aussi de TOUS les Réguliers.

— De TOUS les Réguliers ? fit Lémok, intrigué. Qu'est-ce que tu veux faire ?... Ne crois-tu pas que le plus simple, pour commencer, serait de tout me raconter ? J'aimerais savoir pourquoi tu es revenu à Xaar... De toute façon, nous avons tout notre temps. Ici, tu es en sécurité... Et puis, si tes raisons justifient la mobilisation de tous nos frères, il me faudra quelques jours pour me permettre de les mettre au courant... Cela implique au moins une réunion générale... et beaucoup de discussions.

— Je ne suis pas pressé.

Naal prit son gobelet, but une gorgée de vin et poursuivit son repas.

— Une question avant de commencer, reprit-il. Si on laisse de côté mon aspect physique, ai-je changé ?

— Cela saute aux yeux, répondit Lémok sans hésiter. Tu ne t'exprimes plus de la même façon... On dirait que tu as acquis une certaine assurance.

— Bien ! Te souviens-tu de tout ce que je t'ai raconté le soir où tu m'as sauvé ?

— Naturellement ! Je ne serais pas capable de te répéter mot pour mot les mêmes phrases, mais j'ai présentes à l'esprit toutes les idées que tu as émises.

Naal parut satisfait. Il insista :

— Tu te rappelles donc ce que je t'ai dit à propos de mon passé ?

— Oui, mais où veux-tu en venir ?

Naal avala un morceau de viande après l'avoir mâché consciencieusement. Il répondit, détachant chaque syllabe :

— Je suis en train de me sou-ve-nir de tout ! DE TOUT, Lémok... Peu à peu, j'apprends qui je suis et d'où je viens ! La réalité dépasse l'imagination... L'homme que tu as sauvé n'existe plus, Lémok. Je redeviens celui que j'étais... avant.

— Avant ? Avant quoi ?

— Avant, c'est tout. La mémoire, progressivement, me revient. Je suis persuadé d'avoir un rôle important à jouer à Xaar !

Lémok secoua la tête.

— Tout cela n'est pas très clair.

— Je sais. Cependant, il m'est difficile de t'expliquer le mystère qui m'enveloppe. Je ne possède pas, ou presque pas d'éléments concrets. Il s'agirait plutôt de perceptions, d'images volées au passé... Toi et les Réguliers pouvez m'aider à compléter mon histoire.

— Tu oublies que les Réguliers sont trop peu nombreux, qu'ils n'agiront pas s'ils ne disposent pas de bases solides. Ce n'est pas avec des... perceptions ou avec des... images que je les convaincrai !

— Je ne te demande pas de les convaincre, Lémok ! Je désire qu'ils m'aident à passer dans la ville jaune, et cela aussi discrètement que possible !

— Bon ! Qu'est-ce que tu vas chercher dans la ville jaune ?... Ce que tu as vécu ne te suffit pas ? Tu veux qu'on te reprenne ?

— Si je parviens au but que je me suis fixé, nous serons forts, Lémok ! Tellement forts que les Ougouls ne tenteront plus rien contre nous ! Écoute... Je dois me rendre dans un lieu secret. C'est primordial. Dans

la ville jaune, il existe une villa que personne n'habite.
Personne non plus ne se pose de questions à son sujet.
Cette villa dissimule un passage qui conduit à une salle
éclairée par une lumière verte. C'est là que je dois
aller !

— Pour quoi faire ?

— Je dois y aller, Lémok ! J'ignore encore pourquoi ! Je peux seulement te dire que je sens que je
trouverai là-bas tous les éléments qui manquent à ma
mémoire, et que ces éléments sont importants !

— Importants pour toi...

— Non, Lémok. Pour tous ! Pour tous les habitants
de Xaar !

Jusque-là, Salma n'avait pas pris part à la conversation. Elle avait écouté d'une oreille attentive, les
propos de Naal.

— S'agirait-il de quelque chose touchant de près
notre peuple ? demanda-t-elle.

— Oui, affirma Naal. Mais je le répète : j'ignore
encore ce que je découvrirai là-bas. Je sais... au fond de
moi, que cela est important. Il faut me croire, Lémok !
Notre avenir dépend peut-être de ma réussite !

Lémok demeura silencieux pendant quelques secondes. Machinalement, il frotta ses doigts les uns contre
les autres, lentement, geste qui marquait son embar-
ras.

Il soupira.

— Je me demande comment tu peux être aussi sûr
de toi, dit-il.

— Je suis convaincu que toutes les choses que j'ai
vues sont vraies, qu'elles ne sont pas, comme tu
pourrais le penser, un produit de mon imagination...
Enfin, Lémok ! Tu as reconnu que j'avais changé,
n'est-ce pas ?

— Oui, mais cela, je le regrette, n'explique rien !...
Euh ! Quelles sont ces choses dont tu parles ?

— Des visions ! Des images de mon passé ! DE
NOTRE PASSÉ !

Lémok fronça les sourcils, plissa les lèvres.

— De NOTRE passé, dis-tu ?... Qu'essaies-tu de
me faire croire, Naal ?

— Rien, Lémok ! Absolument rien. Je prétends que
j'ai vu des choses extraordinaires, parfois terribles, et
que ces choses font partie de notre passé.

De nouveau, Lémok observa un instant de silence
qu'il mit à profit pour réfléchir.

— Verse-nous du vin, si tu veux, demanda-t-il
distraitement à Salma.

La jeune femme s'empressa de servir les deux
hommes. Elle saisit le pichet, emplit les gobelets.

Lémok reprit :

— Notre passé n'a rien d'extraordinaire, Naal.
Jamais nous n'avons connu d'événements terribles...

— C'est ce que tu crois, Lémok ! C'est ce que tu
crois parce que, tout Régulier que tu sois, tu n'échappes pas à une certaine forme de conditionnement !...
Un conditionnement certainement très subtil !

— Qu'entends-tu par là ?

— Je ne suis pas en mesure de te préciser davantage
ma pensée. Ce que j'ai dit est encore une affirmation
qui provient d'une sorte de synthèse établie par mon
subconscient.

Lémok et Salma écarquillèrent les yeux. L'incompréhension totale se lisait sur leur visage.

— Qu'est-ce que tu racontes ? Synthèse ? Subconscient ?... Qu'est-ce que c'est que ça ? Des mots qui
appartiennent à ton passé ?

— Euh ! Oui... Je ne vois pas d'autre solution. Je

connais leur signification, mais ne me demandez pas de vous les expliquer... Croyez ce que je dis et tout sera plus simple !

— Croire ! Croire ! C'est facile !... Et même si je te croyais ? Tu te figures que les autres Réguliers te croiront, eux ? Jamais ! Ils ne te connaissent pas ; pourquoi t'accorderaient-ils leur confiance ?

— Qu'ils me croient ou non, ce n'est pas ce qui importe le plus. La question est de savoir s'ils sont prêts à m'aider à traverser les trois zones. Une fois arrivé à la villa, je n'aurai plus besoin d'eux... Tu vois, je ne demande pas l'impossible !

Lémok se leva, se mit à marcher de long en large devant l'âtre. L'énervement commençait à le gagner. Il aurait voulu posséder des bases concrètes pour se lancer dans un raisonnement. Mais Naal ne parlait que par affirmations, n'apportait aucune preuve de ce qu'il avançait.

— Qu'as-tu vu ? Parle ! Donne-moi au moins des détails sur ces images de ton passé !

Naal ne se fit pas prier. Il lui parla des autres villes, de ces grandes maisons qui s'écroulaient, de ces ruines qui se volatilisaient, de ces déserts qui subsistaient après les gigantesques explosions. Il lui parla des terres qui disparaissaient, des tremblements du sol, des crevasses, des hommes et des femmes qui mouraient par milliers. Puis il décrivit la salle verte, employa certains termes que Lémok ne comprit pas. Il évoqua des scènes qui semblaient appartenir à un autre monde.

Lorsqu'il se tut, Lémok se tourna vers lui.

— Qu'est-ce qu'il y a, Lémok ?

— Il y a que je ne sais que penser, voilà !... Rien de

ce que tu viens de dire n'est vrai ! Ces images ne font
pas partie de notre passé. Ces visions ne sont que pures
inventions... et pourtant, tu parles comme si tu avais
véritablement vécu ces événements ! Tu parais sincère,
mais ce passé n'est pas celui de Xaar !

— Tu le connais donc si bien, ton passé ?

— Exactement !

— Dans ce cas, dit Naal, explique-moi comment
DANS TON PASSÉ, on utilisait l'arme que tu m'as
donnée avant que je quitte Xaar ! Explique-moi aussi
comment cette arme a été fabriquée, et à quelles fins...
Mais non. Tu ne diras rien à ce sujet puisque tu ne te
rappelles même plus de son nom !

Le doute s'infiltra dans le cerveau de Lémok. Il se
souvenait. Il avait donné le tube destructeur à Naal...
Une arme très ancienne.

— Si je ne te connaissais pas, Naal, je dirais que tu
as perdu la raison. Mais ta remarque me trouble
profondément... Tu es un homme étrange. Je ne
m'étonne plus, à présent, qu'on t'ait rejeté chez les
Jaunes et chez les Bleus... Dis-moi, cette salle... elle
existe vraiment ?

— Il y a un bon moyen pour t'en rendre compte,
Lémok ! Tu n'as qu'à venir avec moi !

L'idée désarçonna Lémok.

Accompagner Naal ? Pourquoi pas, après tout ? Si
Naal disait la vérité... Si le passé n'était pas celui que
l'on connaissait...

— Sais-tu où se trouve exactement cette villa ?

— Disons que j'irai à elle sans trop de peine. Je
compte sur mon subconscient pour m'aider.

— Ton sub... Oui. Encore ce mot bizarre... Comme
ces piles « apoliques » qui font marcher les...

— Piles atomiques, rectifia Naal. Ce sont de petits objets qui fournissent… hum ! de l'énergie.

— Je n'entends plus rien à cela ! D'ailleurs, je ne te croirai que lorsque j'aurai vu la salle de mes propres yeux !

— Tu m'accompagneras ?

— Oui, puisque tu le souhaites !

Naal ne put s'empêcher de sourire. Lémok brûlait d'envie de suivre son ami, mais il ne voulait pas l'avouer.

— Cela veut dire que tu vas te débrouiller pour que nous arrivions sans encombre à la villa ?

— Je vais me débrouiller, comme tu dis ! Seulement, il faudra que j'invente une histoire plus plausible. Mes frères n'accepteront jamais de prendre des risques si je leur révèle tes intentions !

— Invente tout ce que tu voudras, Lémok.

Fou, Naal ? Curieusement, Lémok s'était laissé gagner par ses idées. Et si c'était vrai ? Au fond, l'action de Naal ne rejoignait-elle pas celle des Réguliers ? Naal n'allait-il pas faire progresser le travail de la société ? Grâce à lui n'allait-on pas gagner plusieurs années ?

Lémok, s'il n'était pas entièrement convaincu ferait tout ce qui était en son pouvoir pour aider Naal.

Salma, elle, était conquise. Mais c'était plus son amour pour Naal qui en était à l'origine. Elle était heureuse que Naal fût revenu, et elle le montrait bien.

— Tu as besoin d'un bon bain, lui dit-elle. Je vais faire chauffer de l'eau et je remplirai le bac…

— Je te donnerai d'autres vêtements, ajouta Lémok. Avec ceux que tu portes, tu te feras repérer dès que tu sortiras d'ici.

— Je te remercie, Salma, et toi aussi, Lémok...
J'espère vous rendre tout cela très bientôt...

Il se tut ; son espoir se prolongea par la pensée.

— Encore un peu de vin, Naal ?

CHAPITRE XIV

Lémok avait mis trois jours pour entrer en contact avec les principaux responsables de sa société. Pour obtenir l'adhésion de tous les Réguliers, il avait, lors d'une réunion extraordinaire (et clandestine) résumé l'absurdité de leur civilisation, l'imbécillité des lois qui régissaient Xaar. Puis il avait parlé de Naal, de son histoire, sans toutefois en révéler le côté... « irrationnel ». Ensuite, Lémok avait déclaré que le plus grand désir de Naal était d'entrer dans la société des Réguliers pour travailler avec eux au perfectionnement de l'homme ; cependant, Naal devait d'abord se rendre à un certain endroit situé dans la ville jaune pour y chercher de vieux documents qui racontaient le passé.

Comme Lémok l'avait prévu, les discussions avaient été nombreuses et interminables. Finalement, les Réguliers avaient émis un avis favorable au projet de Naal, jugeant que ce dernier pouvait, dans une certaine mesure, faire progresser le travail entrepris. Les Réguliers, unis dans la recherche constante de la vérité, n'avaient pas pu rejeter l'idée de Naal.

Le quatrième jour qui suivit le retour de Naal à Xaar, Lémok reçut du Régulier Suprême la réponse définitive. Acceptation sans réserve. Il fut donc décidé que l'action se déroulerait le soir même. Dès que la nuit serait tombée, Naal et Lémok se rendraient dans la ville jaune, empruntant un chemin étudié à l'avance, et protégé par des groupes de Réguliers. Ceux-ci, sans distinction d'appartenance, veilleraient à ce que les deux amis parviennent sans encombre à l'endroit désiré. On ne reculerait devant rien. Malheur aux Ougouls qui tenteraient de s'interposer !...

Lémok et Naal venaient de passer de la ville bleue à la ville jaune. Leur progression nocturne se déroulait avec une étonnante facilité. Ils allaient de villa en villa, de jardin en jardin, se montraient rarement à découvert. La protection occulte dont ils jouissaient les obligeait néanmoins à effectuer de nombreux détours, cela afin d'éviter les patrouilles, mais aussi pour se trouver en permanence en zone amie.

Les Réguliers se tenaient en des endroits précis. Ils étaient bien armés, prêts à fondre sur ceux qui essaieraient de se saisir de Naal et de Lémok. Ils se déplaçaient en silence, assurant aux deux amis une protection parfaite. Parfois, on en apercevait un qui sortait de l'ombre pour faire signe que la voie était libre, mais il disparaissait bien vite et allait rejoindre l'un des groupes.

— Par là, souffla Naal tout à coup. C'est par là, j'en suis sûr...

Lémok ne discuta pas et suivit son compagnon. Ensemble ils traversèrent encore quelques jardins, sautèrent quelques murs bas, atteignirent enfin la villa.

Ils s'arrêtèrent.

— C'est celle-là ?

— Oui, affirma Naal. Je suis certain de ne pas me tromper. A partir de maintenant, nous n'avons plus rien à redouter. Les Ougouls ne viendront pas nous chercher ici...

— Alors ?... Nous entrons ?

— Viens !

L'épée à la main, ils pénétrèrent dans la villa. Toutes les pièces étaient vides. Une odeur de moisi flottait.

— Pas de doute, fit Naal. C'est bien ici !

L'obscurité n'était pas totale. La lune dispensait sa clarté. Ses rayons, traversant les vitres, formaient sur le plancher des dessins géométriques.

Sans hésiter, Naal entraîna Lémok vers la porte de la cave. Une porte qui s'ouvrit en grinçant, découvrant un escalier.

— Allons-y prudemment, conseilla Naal. Tiens-toi aux murs...

Ils descendirent une vingtaine de marches. Dans la cave, les ténèbres étaient reines. Lémok fit remarquer :

— Nous aurions dû emporter une chandelle.

— Inutile, répliqua Naal. Ah ! Voici la porte !

Il l'avait trouvée après quelques tâtonnements. Il la poussa.

— Tu vois, dit-il, c'est éclairé...

En effet, une clarté diffuse régnait dans le couloir étroit.

— Ce sont ces boules qui donnent la lumière, expliqua Naal. Tu verras, il y en a partout.

Lémok hocha la tête, approcha ses doigts de l'une de ces fameuses boules.

— C'est curieux... Cela ne produit aucune chaleur.

Naal sourit.

— Dans le passé que tu connais y a-t-il des boules semblables ?

— Euh ! Non...

— Je m'en doutais ! Mais ne nous attardons pas. J'ai hâte de découvrir la salle verte !

Ils avancèrent, trouvèrent une autre porte, un autre couloir. Ce dernier était beaucoup plus long que le premier, un peu plus large aussi. Sur les murs luisant d'humidité, on apercevait quelques araignées. L'arrivée des deux hommes les dérangeait ; avec précipitation, elles regagnaient leur trou.

Un peu d'eau recouvrait le sol dallé. Une eau qui dégageait une odeur peu agréable que Naal reconnaissait.

Il approchait du but, de son secret.

— Ce couloir est bien long ! fit Lémok.

— Et ce n'est pas le dernier, dit Naal. Il y en a encore un après, et il est presque aussi long que celui-ci !

— Elle est bien défendue, la salle verte !

Le couloir comportait une série de coudes qui interdisaient aux deux hommes d'en voir la fin. Lémok se montrait de plus en plus impatient. Il vivait des instants pour lui exaltants. Il soupira lorsque Naal poussa la porte du troisième couloir. Une lourde porte...

Naal se demanda si... « avant », les couloirs n'étaient pas noyés. Si « on » ne les avait pas noyés exprès pour rendre la salle verte inaccessible. Ses questions, à ce sujet, ne manquaient pas de fondement puisque, plusieurs fois, il avait remarqué des orifices curieux pratiqués dans les murs ; orifices, donc conduits, tuyaux, galeries, passages pour l'écoulement des eaux... Par ailleurs, les portes qui séparaient les différents couloirs étaient très épaisses, recouvertes de métal inaltérable, et leur système de fermeture était parfait. Donc, hypothèse plausible... Cette eau qui stagnait était là pour témoigner...

Comme les précédents, le troisième et dernier couloir était éclairé avec parcimonie. C'était cependant suffisant pour que l'on puisse se diriger. Des lézardes profondes détérioraient les murs qui, par endroits, s'effritaient.

— Ces couloirs ont été construits il y a longtemps, dit Lémok.

— C'est mon avis. Ceux qui ont fait le travail l'ont bien fait puisque ces murs tiennent encore...

— C'est sûrement l'œuvre des esclaves-bâtisseurs, supposa Lémok.

— Je ne le pense pas. A cette époque, les bâtisseurs n'étaient pas des esclaves !

— Comment peux-tu l'affirmer ?

Naal se trouva pris de court. A la supposition de Lémok, il avait répondu sans réfléchir, de manière parfaitement spontanée.

— Je sais, dit-il simplement.

Ils avançaient toujours dans la clarté glauque des « boules luisantes ». Lémok ne parvenait plus à dominer son impatience. Il serait le premier Régulier à voir ce qu'aucun des habitants de Xaar n'avait jamais contemplé ! Cette mystérieuse salle, à ses yeux, représentait le temple du passé, du vrai passé ! Lémok partait à la recherche d'une vérité matérielle qui allait peut-être changer les idées admises généralement par les Réguliers. Cependant, à coup sûr, les dogmes et les doctrines des gens de Xaar en seraient profondément bouleversés.

Contrairement à Lémok, Naal devenait de plus en plus calme. Il se sentait plus détendu, et maître de ses pensées. Cette marche sous terre le détendait, mais n'était-ce pas plutôt la proximité de la salle verte qui l'influençait ? Il ne se posa pas la question. Sans le savoir encore, il reprenait possession de toutes ses facultés. Une sorte de nouvelle mutation s'opérait en lui et le rendait extraordinairement lucide. Il avait le sentiment qu'il pouvait désormais tout comprendre. Il était plus fort, plus réceptif. Dans quelques minutes, il en était persuadé, il saurait tout de son passé. Il n'y aurait plus de barrière, plus de voile. Il verrait ! Ce qui avait été longtemps une intuition était devenu une certitude. Dès qu'il en eut conscience, l'espoir l'envahit. Et cette fois, il ne s'agissait plus d'un vain espoir.

— Nous y sommes, Lémok ! La salle verte se trouve derrière cette porte !

— Eh bien ? Qu'est-ce que tu attends ?

Naal hésitait, non par peur, mais parce qu'au moment de franchir l'ultime obstacle il était pris par une sorte d'inexplicable appréhension. Cela, cependant, ne dura que quelques secondes.

Il ouvrit brusquement la porte.

Ce qui frappa Lémok fut tout d'abord cette curieuse lumière verte qui provenait de ces boules brillantes accrochées au plafond. La lumière était réellement verte. Ce n'était pas seulement un détail destiné à embellir un récit comme il l'avait cru tout d'abord. Il se trouvait dans une pièce de dimensions respectables. Sur les murs, des étagères. Sur ces étagères, comme sur les tables, étaient disposées des boîtes de formes différentes, d'inégales grosseurs, qui comportaient sur leurs faces visibles une quantité d'aspérités, des cercles à l'intérieur desquels bougeaient des aiguilles...

— Qu'est-ce que c'est, Naal ? demanda Lémok.

Naal n'entendit pas ou fit semblant de ne pas entendre. La question de Lémok demeura sans réponse.

— Que sont ces choses, Naal ? Explique-moi...

Lémok n'osait bouger. Ce qui l'entourait lui était étranger et lui faisait peur. Sans comprendre la nature ou la raison d'être de ces objets, il devinait que cela vivait d'une étrange vie. D'une vie artificielle...

Il eut envie de fuir cet endroit, de rebrousser chemin. Ce lieu maudit cachait une vérité terrible ; une vérité que les humains n'avaient pas le droit d'atteindre ! C'était du moins ce que pensait Lémok.

Au centre de la salle trônait un coffre transparent, une sorte de grosse boîte vide dont l'une des faces latérales comportait un cube métallique dans lequel pénétraient des fils torsadés. A l'opposé, deux tuyaux souples traversaient la matière transparente, se terminaient en entonnoir à l'intérieur du coffre.

L'utilité de cet objet échappait totalement à Lémok.

— Naal, dit-il, parle-moi... Explique-moi...

Mais Naal demeurait muet. En lui, la transformation se poursuivait. Il allait d'appareil en appareil, les caressait, les manipulait, semblait jouer avec boutons et leviers, faisait rouler les fils entre ses doigts. Il cherchait à provoquer l'étincelle qui libérerait tous ses souvenirs...

Déjà il sentait que cela ne tarderait pas. Cette salle était le lien qui l'unissait à son passé. Silencieux, il attendait, se préparait à recevoir sa propre vérité. Bientôt, le cocon d'oubli qui l'enveloppait disparaîtrait, et il saurait...

Lentement, il s'approcha du sarcophage. Car il s'agissait bien d'un sarcophage. Celui duquel il était sorti. Il s'était réveillé dans cette espèce de cercueil de verre où il avait dormi très longtemps... De verre ?... Non. Du coralex. Une matière ultra-dure à base de corail. Naal se souvenait. Il avait dormi très long-temps. Cette fois, il ne recevait plus d'éléments désordonnés, plus d'images floues, plus de clichés rapides. Sa mémoire semblait suivre un certain ordre chronologique qui lui épargnait les atroces douleurs des débuts.

.Le sarcophage... Le complexe d'hibernation...

C'était la nuit. Une nuit d'inconscience totale. Une longue nuit sans rêve. Un sommeil provoqué.

Avant de succomber, Naal avait senti le froid. Mais ce n'était pas un froid naturel comme celui que l'on sent l'hiver. C'était différent. Le froid était à la fois autour de lui et en lui. Il le sentait sur sa peau et dans son corps. Ses organes, peu à peu, avaient ralenti leur fonction. Il se souvenait... Il se souvient. Il est. Entre ses paupières mi-closes, il aperçoit des ombres et des lumières mouvantes. La brume l'enveloppe. Il se laisse aller à la grisante euphorie du moment. Il se sent libéré de toutes les contraintes. Il plane, il est ailleurs. Il a pénétré un monde merveilleux où le mal n'existe pas. Il est léger. Un flot berceur l'emporte lentement. Il s'éloigne de la plage dorée. Là où il va, il n'y a pas de soleil, mais cela lui est égal. Il ne s'est jamais senti aussi bien. C'est ce froid qui est la cause de tout ce qu'il ressent. Il le sait. Et il l'accepte. Il est isolé. Le sarcophage ne fait plus partie du monde qu'il connaît. Naal n'entend plus rien sinon le silence absolu. Un insondable univers s'ouvre devant lui. Un univers noir, profond... Un univers où ne brille aucune étoile. C'est comme un grand voile qui masque une autre vie. Naal ne sait pas qu'il contemple la porte immense de ce que les hommes appellent la mort.

Le froid... Le silence... Le temps glacé...

— Naal ! Écoute-moi !... Pourquoi ne dis-tu rien ? Qu'est-ce que tu as ?

Le passé revenait, se débarrassait de cette glace qui le recouvrait. Naal, pour la seconde fois, vivait les instants qui avaient précédé son hibernation.

Il prend place dans le sarcophage. Avant, on a recouvert son corps d'une solution de glycérine. Il adresse à ceux qui l'entourent un dernier sourire. Il a accepté d'être placé en état d'hibernation pour de multiples raisons. D'abord parce qu'il est seul au monde, ensuite parce qu'il est jeune et qu'on lui a reconnu des qualités physiques exceptionnelles. On ne lui a pas caché les risques, mais il les a acceptés, avec le reste. Avec la mission qui lui a été confiée...

— Naal ! Réponds-moi ! Qu'est-ce que tu as ?

La mission...

Naal ne s'en souvenait pas encore. Il savait cependant qu'elle était d'une importance capitale. C'était une mission d'espoir, une mission à l'échelle de l'humanité... Mais quelle était-elle ?

Il dormait mille ans, se réveillerait en 8666, sortirait de son sarcophage pour rencontrer les gens du futur...

— Naal !

Lémok secouait son compagnon, jugeant que le comportement de celui-ci n'était pas naturel. Mais Naal ne réagissait pas. Il se tenait droit, demeurait sourd aux questions de Lémok.

— Enfin ! Me diras-tu ce qui se passe ici ?... Est-ce là tout ce que tu voulais me montrer ? Est-ce là la vérité ?... Pourquoi ne réponds-tu pas, hein ? Pourquoi ?

Naal parut sortir de son rêve éveillé. Avec difficulté, il articula :

— Tais-toi... Faire silence... Patience...

Ses lèvres avaient à peine remué. On aurait dit que les mots avaient été prononcés par quelqu'un d'autre.

— Patience..., dit-il encore.

Les souvenirs devenaient de plus en plus précis. A présent, les détails apparaissaient. Naal, après s'être dévêtu, avait suivi l'homme en blanc, avait accepté la piqûre destinée à soutenir le cœur pendant le premier stade du refroidissement. Ce n'est qu'après qu'on avait recouvert sa peau avec cette solution visqueuse à base de glycérine. L'hibernation avait exigé un travail préparatoire sévère qui avait duré plusieurs heures. Naal se rappelait également une opération effectuée sur sa personne ; une opération qui allait permettre de loger dans son cerveau un minuscule appareil. Cet objet, miniaturisé à l'extrême, devait, mille ans plus tard, aider Naal à retrouver ses souvenirs lorsqu'il éprouverait une intense émotion. Il devait également favoriser les perceptions, les intuitions de l'homme...

Mais pourquoi cet appareil ?

On avait effacé du cerveau de Naal certains souvenirs. Notamment ceux de la civilisation. On avait effacé ces souvenirs pour que Naal, une fois dans le futur, ne puisse établir de comparaison entre l'ancienne et la nouvelle civilisation. Cela permettrait à Naal de juger si la nouvelle civilisation était bonne ou absurde, et cela en toute honnêteté. Si la civilisation nouvelle était mauvaise, si Naal ressentait de trop vives émotions, l'appareil enregistrerait une excitation et libérerait certains souvenirs...

Procédé inhumain ? Non pas. Car si la nouvelle

civilisation était bonne pour l'homme, Naal s'intégre-
rait à la vie du futur, ignorant les drames du passé...

Mais ce n'était pas le cas.

Sa mission !...

La chose la plus importante...

Était-ce pour elle qu'il était revenu dans la salle
verte ? Cette mission, à présent, avait-elle encore une
signification ?

Quel que fût le rôle de Naal, ce dernier était seul.
Seul dans un monde dément ! Seul au milieu de
robots !

Cela voulait-il dire que Naal pouvait agir ?

Agir ? Mais comment ? Avec quoi ? Pour qui ?

Pour qui ?

Pour ceux qui, comme les Réguliers, voulaient tout
simplement rester des hommes. Pour les Bleus et les
Jaunes, pour les Noirs aussi qui n'étaient pas encore
tout à fait abrutis par des idéologies de pacotille. Et
peut-être, au fond, pour tous les autres... si on pouvait
les sauver ! Pourquoi ne parviendrait-on pas à sauver
également les esclaves ?

Lutter. Mais lutter pour quoi ? Pour retrouver le
« monde perdu » ? Celui des affreuses visions ? Celui
des cataclysmes ? Celui du chaos ?

Lutter pour quel monde ? Pour quelle civilisation ?

Lutter pour qu'un jour tout soit de nouveau détruit ?

La mission !

Naal en portait seul la responsabilité ! Lui seul
possédait le pouvoir de la mener à bien !

Oui. La mémoire revenait. La lumière chassait
l'obscurité et les nuages. Le grand voile qui masquait
le passé se déchira d'un seul coup. Naal vacilla.
Tremblant, il réalisa alors qui il était, d'où il venait, où
il devait aller !

Il ferma les yeux, soupira.

Lémok, complètement ahuri, l'entendit murmurer :

— Je suis...

CHAPITRE XV

Je suis l'élu du passé. Celui sur qui repose l'avenir.
Mon nom n'est pas Naal Hama, comme je le croyais,
mais Arel Hogan. Ce nom mystérieux qui revenait sans
cesse depuis quelque temps est le mien. Je suis
ingénieur en électronique... Du moins je l'étais il y a
mille ans ! Oui, mon histoire... Je devrais dire NOTRE
histoire, remonte à dix siècles. Le monde vécut sa plus
grande terreur en l'an 7666. Durant les quelques
années précédentes, déjà, on avait enregistré des séries
de faits alarmants. La pollution par exemple, avait
atteint un degré tel que l'on ne parvenait plus à en
mesurer les effets. D'un commun accord, les différents
gouvernements avaient décidé de stopper toute « évo-
lution » dans le domaine de la technique. La « civilisation » allait changer, assurait-on avec foi.

Il n'y aurait plus d'usines.

Trop tard.

Plus d'automobiles.

Trop tard.

Plus de fumées, plus de retombées, plus de gaz.

Trop tard !

On repartirait à zéro. Il n'y aurait plus d'avions

supersoniques pour déchirer la couche d'ozone protec-
trice, donc plus de radiations mortelles.

Trop tard !

On sauverait tout ce qui était encore sain. On
renoncerait à tout produit chimique alimentaire. On ne
mangerait que des aliments naturels. La vie de
l'homme serait modifiée.

Trop tard.

L'être humain ne serait plus un numéro dans la liste
impressionnante des populations. Il ne devait plus être
un misérable rouage perdu dans une immense
machine. L'homme allait réapprendre à vivre.

Trop tard !

L'homme s'était arrêté au bord de l'insondable
abîme de sa folie et en avait longuement contemplé
l'horreur. TROP TARD !

TROP TARD !

La Terre n'offrait plus qu'une hallucinante vision.
Des villes monstrueuses, moulées dans un béton
noirâtre ! Des rues où stagnaient des brumes et des gaz
meurtriers. Un air presque irrespirable. Les gens
portaient des masques, n'osaient pas sortir de chez eux
sans leur cartouche d'oxygène. En dehors des villes,
plus de campagnes, mais des déserts. Du roc, de la
terre stérile ! La végétation n'avait pas résisté. Seuls
survivaient les mousses et les lichens.

En de rares endroits de la planète, des endroits situés
loin des villes, les derniers bastillons du règne végétal
tenaient bon. Mais pour combien de temps encore ?

Un peu partout dans le monde, des tremblements de
terre se produisaient. Tous les volcans, y compris ceux
qui étaient éteints depuis longtemps, reprenaient leur
activité, transformant les paysages. Les gerbes de
scories, le ruissellement du basalte fondu, les paquets

incandescents du magma, les escarbilles, les bombes, les rocs contribuaient à détruire certaines régions, voire même certains pays !

En 7666, cette situation s'aggrava encore. L'homme avait essayé de changer, mais... trop tard ! Si sa vie avait été jalonnée de bonnes choses, elle avait été aussi génératrice d'erreurs fort nombreuses. Erreurs conscientes ou inconscientes, certes, mais les premières étant source de honteux profits ! Toujours plus vite, toujours plus loin, pour le mot le plus horrible de la Terre : RENTABILITÉ ! Telle était la devise de ceux qui, pour se remplir les poches, inventaient les objets les plus fous, les plus inutiles, les plus farfelus ! On inventait aussi d'autres techniques, d'autres produits... et l'on tuait en même temps la nature, le bien le plus précieux jamais donné à l'homme !

Cependant, en 7666 la Terre réagissait. Elle ne voulait plus de cet être qui détruisait tout. Il fallait que la nature retrouve son équilibre. Par la gueule des volcans, elle vomissait ses entrailles. Certains sages virent en cela un espoir. Cette lave, ces roches nouvelles, ces cendres allaient constituer un sol fécond. Ces jaillissements furieux étaient pour eux une semence éternelle, le sperme de la Terre !

Le sol, cependant, trembla de plus belle. De larges et profondes crevasses engloutirent des villes entières. Il y eut des inondations sans nombre, des raz de marée, des typhons, des cyclones... Et tout cela dura vingt-huit jours ! Vingt-huit jours pendant lesquels il n'y eut aucune accalmie ! Vingt-huit jours pendant lesquels la surface de la planète se transforma ! Vingt-huit jours pendant lesquels la mort ne prit aucun repos ! Dans toutes les régions du globe, les catastrophes se multipliaient. Ruptures de canalisations d'eau, de conduites de gaz. Explosions. Dégâts considérables. Incendies. Mais le pire de tout fut sans conteste la destruction des plus grands dépôts d'armes, de munitions, de fusées nucléaires, etc. Explosions d'usines chimiques. Barrages ou digues qui cèdent. Crevasses. Feu... Mort !

Toute la mort que l'homme s'était plu à emmagasiner pendant des années se trouvait brusquement libérée ! La Terre, cependant, n'éclata pas. A la limite, elle demeurait la plus forte. Tous les humains, tous, sans exception, auraient dû périr. Il ne devait rester personne à la surface de la planète. Et pourtant...

Il y eut quelques survivants. Très rares. Un véritable miracle.

J'étais parmi ces survivants...

Je savais cependant que tout n'était pas terminé, que les radiations allaient nous frapper, que nous allions avoir faim, que nous allions lutter contre les maladies, que nous allions voir l'horreur de très près.

Je savais...

J'ai erré longtemps avec quelques compagnons de misère. Combien de jours ? Je ne saurais le dire, à présent. Nous mangions ce que nous trouvions. Des conserves, surtout. Notre vie était sauvage, terne, dure. Nous cherchions des abris. Nous ne connaissions plus l'hygiène la plus élémentaire...

Brusquement, nous, les « civilisés », nous nous trouvions démunis de tout, ou presque. Nous avions à éviter les dangereuses nappes de gaz, les brouillards qui rongent, les nuages qui foudroient. Et nous devions aussi compter avec les animaux féroces ; animaux échappés des zoos, chiens redevenus sauvages. Nous n'avions aucune chance de survivre... Enfin, nous n'aurions eu aucune chance si nous n'avions un jour découvert un abri. Cet abri antiatomique que nous cherchions désespérément... depuis un mois ! Je savais qu'il en existait un relativement proche.

Dans l'abri, nous avons fait la connaissance de techniciens, de savants, de quelques rescapés qui nous ont rendu un peu d'espoir. Nous avons évalué nos forces, nos ressources. Et nous nous sommes organisés.

Notre groupe se composait d'une quarantaine de personnes. Quarante-trois, pour être exact. Vingt-neuf hommes, treize femmes, et un enfant de douze ans nommé Ted Miles. Naturellement, nous ignorions si, ailleurs, il existait d'autres rescapés. C'était possible. Peut-être y avait-il d'autres groupes, ou des « isolés », quelque part, dans d'autres régions, dans d'autres pays ? Nous n'avions pratiquement plus le moyen de le savoir. Plusieurs fois, cependant, nous avons lancé des messages grâce aux postes de radio dont nous disposions. Nous n'avons jamais reçu de réponse.

Le professeur Stil Campbell, physicien et ingénieur en électronique, que nous avions reconnu pour guide, déclarait que nous avions tout de même beaucoup de chance, car nous pouvions recommencer à vivre.

Nous avions immédiatement sympathisé ; l'électronique étant notre principal point commun. Nous discutions pendant le jour, parfois même la nuit lorsque nous ne trouvions pas le sommeil. Nous étions confinés dans notre abri et nous devions reconnaître que, dans notre malheur, nous avions eu une chance extraordinaire. Nous faisions mille projets, nous nous confondions en suppositions, en hypothèses. Et nous en revenions à cette conclusion : reprendre à zéro, former une nouvelle civilisation, repartir sur d'autres bases. Mais il fallait pour cela quitter notre abri et aller à la recherche d'une région privilégiée... Mais en existait-il une ?

Lorsque tout le monde fut d'accord sur ce point, Campbell avoua que quitter l'abri serait chose relativement aisée. En effet, dans une des salles souterraines, il y avait un vliss ; un appareil volant capable de nous emporter tous. Jusque-là, Campbell s'était bien gardé de nous révéler son existence afin de ne pas nous influencer, et surtout afin de ne pas nous bercer avec de faux espoirs. Un cri de joie avait accueilli la nouvelle. Déjà, nous nous sentions forts, car nous étions unis dans la même vie, et pour la même cause. En connaissant l'existence du vliss, nous touchâmes au délire.

Pendant les jours qui suivirent, nous explorâmes l'abri. Toutes les salles furent visitées. Nous avions rassemblé un matériel assez important : outils, appareils divers, postes de radio, scaphandres, armes, etc. Des vivres également : tablettes nutritives, pilules, gelée en tube... Le vliss, qui fonctionnait en utilisant un système antigrav, était un appareil militaire en forme de lentille. Au XXe siècle, nos ancêtres auraient baptisé cet engin « soucoupe volante ». L'appareil pouvait contenir trois cents hommes.

L'un de mes compagnons, un nommé Dick Sanderson, savait piloter. Mieux que moi, en tout cas. Ce fut donc lui qui prit les commandes. Quand le matériel fut embarqué, et quand tout le monde se trouva à bord, Dick commanda la manœuvre de la plate-forme qui devait nous amener à la surface.

Ouverture des panneaux étanches.

Départ.

***

Nous avons survolé toutes les terres émergées sans reconnaître un seul pays ! Tout était changé. Les continents n'avaient plus la même forme. Ce n'était plus la planète de jadis. Ce monde était hostile et nous faisait peur. Ce n'était plus qu'un gigantesque chaos.

Notre voyage dura un peu plus d'une semaine. L'œil collé aux hublots de coralex teinté, chacun fouillait du regard les paysages les plus invraisemblables. Ce fut Ted qui, le premier, aperçut une zone qui semblait plus accueillante. Il y avait des arbres ! Cela nous paraissait incroyable.

Nous ne savions pas quelle était cette région. On pouvait simplement affirmer qu'elle faisait partie d'un pays situé dans l'hémisphère sud. De toute façon, nous nous moquions bien de savoir où nous nous trouvions. Le principal était pour nous de vivre.

Bien sûr, la région repérée par Ted avait elle aussi connu la destruction, mais celle-ci n'était rien comparée à celle des autres parties du globe.

Notre vie commença alors, placée sous le régime de la communauté. Chacun reçut une fonction bien précise, compte tenu de ses capacités. On se mit immédiatement au travail.

Une équipe fut chargée de récupérer tout le matériel utilisable et de le ramener. Piloté par Dick Sanderson, le vliss allait survoler les villes détruites. Les membres de l'équipe, protégés par des scaphandres, fouilleraient les ruines. Tout ce qui était utile serait ramené. De plus, on avait pour mission de sauver d'éventuels rescapés.

Cette équipe travailla dur, comme tous. Elle partait, parfois pour plusieurs jours, revenait avec du matériel, des vivres, des médicaments. Une seule fois le vliss revint avec une trentaine de personnes des deux sexes.

La plupart d'entre eux avaient été gravement touchés par les radiations. Nous en sauvâmes seize seulement : trois hommes et treize femmes (les hommes étant moins résistants en ce qui concernait les radiations).

La région dans laquelle nous nous étions établis se situait dans la zone tempérée. Elle nous paraissait divinement belle. Cependant, petit à petit, nous apprîmes à nous méfier d'elle. Les pièges étaient nombreux. Beaucoup d'animaux sauvages étaient venus chercher refuge dans les bois, et, par endroits, particulièrement dans les cuvettes formées par les inégalités du terrain, subsistaient des nappes de brumes mortelles. Il fut donc interdit à quiconque de s'éloigner du lieu où nous avions décidé de bâtir un palais.

Un palais... plutôt une grande maison capable de nous recevoir tous. Dans ce palais, il était prévu, outre les chambres, les salles à manger ou de repos, des laboratoires de recherches où, cette fois, on mettrait la science au service de l'homme !

Peu à peu, nous nous sentions renaître.

Des couples s'étaient formés. Nous menions une existence... disons normale.

La construction du palais demanda plus d'un an d'efforts. Nous avions du matériel, certes, mais pas suffisamment. Nous ne pouvions pas nous permettre une architecture hardie. Pendant tout ce temps, nous logeâmes dans des cabanes fabriquées en hâte, lesquelles furent démontées lorsque notre grande maison fut enfin achevée.

Autour de ce que nous appelions pompeusement « notre palais » nous plantâmes des arbres, beaucoup d'arbres. De jeunes arbres, naturellement. Nous allions les chercher parfois très loin, avec le vliss. Ces arbres fourniraient de l'oxygène, donc un air plus sain pour nous. De surcroît, ils constitueraient une protection naturelle. Cela formerait un parc immense qu'on entourerait plus tard d'un grand mur.

Là, quelque part à la surface de la planète, l'humanité avait recréé son berceau. Il nous avait fallu peiner, mais nous étions heureux lorsque nous pensions à notre avenir.

Campbell, cependant, était soucieux. Je le comprenais. Des enfants allaient naître, et il faudrait les éduquer, leur dispenser un minimum d'enseignement. Nous avions des livres, oui, mais qui éduquerait ces enfants ? Les parents étaient absorbés dans des tâches diverses. Et nous, peut-être plus encore...

Nous savions que nous n'aurions pas le temps de former des hommes ou des femmes capables de devenir techniciens, physiciens, biologistes, médecins, etc. Nous n'avions pas non plus toutes les compétences pour dispenser un tel enseignement. Après nous, la plus grande partie du savoir humain disparaîtrait ! Nous en étions conscients.

Le docteur Samuel Lancol avait soumis une idée à Campbell. Idée que ce dernier me soumit à son tour.

— J'ai beaucoup réfléchi à cela, Arel, me dit-il. Mieux vaut pour le moment contribuer à la survie de notre communauté. Le savoir doit passer au second plan. Pourtant, il ne doit pas s'effacer d'un seul coup comme un problème rédigé à la craie sur un tableau noir. Nous devons préserver nos connaissances, et celles qui sont contenues dans les livres !... De plus, à l'avenir, il faudra quelqu'un pour diriger utilement la communauté. Nous ne sommes plus à l'âge de la pierre où l'homme n'avait qu'à défendre sa vie, soit en cherchant sa nourriture, soit en luttant contre les animaux. Il y a maintenant des dangers bien plus grands que tous ici doivent connaître. Et il faut préparer un avenir solide... Lancol a pensé que nous pourrions construire un ordinateur... Dans un premier temps, celui-ci emmagasinera dans ses mémoires tout ce que nous savons. Plus tard, c'est lui qui présidera à la destinée de la communauté. Nous construirons également des robots qui lui obéiront, qui l'aideront dans sa tâche... Connaissez-vous la cybernétique, Arel ?

— Oui, mais je ne suis tout de même pas un spécialiste. Je participerai néanmoins à la construction de l'ordinateur... si nous avons le matériel...

— Nous avons tout ce qu'il faut ! Les pièces les plus délicates ont été prises dans l'abri... Lancol et Varès s'occuperont des robots...

C'était une idée hardie, magnifique. Les robots, depuis le XXIIe siècle, on les fabriquait. Ils étaient de plus en plus perfectionnés, leur ressemblance avec l'humain étant de plus en plus frappante. Dans le domaine de la science, nous étions allés très loin. Trop loin, hélas !

Cette idée me plaisait.

D'emblée, le projet fut adopté par tous ceux qui avaient un rôle important à jouer. Nous nous mîmes au travail.

Cependant, bien avant la naissance de l'ordinateur qui, selon Campbell, devait s'appeler « Espoir », mon ami me fit part de certaines de ses réflexions. Une question le harcelait au point que certaines nuits il ne parvenait pas à dormir. Il se demandait si nous n'étions pas en train de refaire ce que « les autres » avaient fait avant nous, si nous n'étions pas en train de préparer, avec application, une nouvelle destruction !

Campbell était inquiet, très inquiet. Aussi, lorsqu'il me fit part de ses intentions, je ne fus qu'à demi surpris. Campbell m'avoua qu'il n'avait qu'une confiance relative en l'ordinateur qui allait être créé. J'avais moi-même été témoin, par deux fois, de faits curieux provoqués par ces cerveaux mécaniques et froids. J'avais constaté des refus d'obéissance et des mensonges ! Les cerveaux électroniques, de plus en plus puissants, parvenaient à acquérir une individualité, une autonomie, une volonté ! Je comprenais donc ce que voulait dire Campbell.

De cette inquiétude était né un nouveau projet, greffé, si l'on veut, sur le premier. Il s'agissait d'hiberner un homme pendant mille ans. Cet homme, à son réveil, serait chargé de contrôler le bon fonctionnement de l'ordinateur. On construirait un complexe d'hibernation destiné à assurer la vie ralentie du... volontaire. Ce complexe serait parfaitement autonome et serait alimenté par des piles atomiques pratiquement inusables.

— Dans mille ans, poursuivit Campbell, le... volontaire pourra juger la nouvelle civilisation. Mais pour que ce jugement soit impartial, nous effacerons du cerveau de l'homme (ou de la femme) certaines données, de façon qu'il (ou qu'elle) ne se souvienne pas de son passé... Nous pratiquerons sur lui, ou sur elle, une opération pour loger dans le cerveau un appareil qui lui permettra de retrouver ses souvenirs chaque fois qu'il (ou qu'elle) éprouvera une intense émotion... Si l'ordinateur conduit l'humanité à sa perte, le volontaire interviendra. Il commandera l'autodestruction en composant un code spécial sur le terminal !

Naturellement, j'étais très enthousiaste. Nous avions le possibilité de faire encore de grandes choses.

De fil en aiguille, je devins ce volontaire. On m'avait fait comprendre que j'étais le plus apte parce que je possédais de solides connaissances, parce que j'étais jeune et que ma condition physique était excellente.

Je n'étais pas tenu d'accepter. Personne n'obligeait personne. Mais le rôle du « volontaire » me tentait. Je n'avais aucune attache, et je possédais le goût de l'aventure. Cinq ans auparavant, je m'étais vu refuser l'entrée de l'Organisation des Explorations Spatiales, vers qui mon goût de l'aventure m'avait entraîné. On m'avait refusé parce que je n'avais pas de grade militaire correspondant à ma profession d'ingénieur en électronique. Mais je n'ai jamais été militariste...

Hibernation ? Pendant mille ans ?

J'ai accepté, presque sans hésiter.

A présent, je sais ce qui me reste à faire !

Lémok n'avait pas interrompu Arel. Il l'avait écouté avec intérêt, et aussi avec une crainte mêlée d'admiration. Certes, il n'avait pas compris tous les mots de ce monologue fantastique, mais il en avait saisi le sens général.

Si pour Arel certains points demeuraient obscurs, il ne s'en soucia pas. Il savait que dans un temps relativement proche, il allait connaître toute la vérité. Il aurait devant lui « Espoir », l'ordinateur, le cerveau électronique responsable des maux de Xaar ! Maintenant, Arel comprenait pourquoi hommes et femmes réagissaient en robots. Pourtant, cela n'expliquait pas l'esclavage ni ces différences de couleurs, ni cette ambiance moyenâgeuse. Arel se promettait de découvrir une raison. Sur le terminal, il composerait deux mots. Deux mots qu'il connaissait bien. Deux mots qui commanderaient l'autodestruction du cerveau.

Ces deux mots étaient : Naal Hama !

« Naal Hama » n'était pas son nom, mais le code qui, d'un seul coup, réduirait à néant le pouvoir de cette machine qu'il n'avait pas vue achevée.

— Je crois qu'il vaut mieux que tu retournes auprès des tiens, dit Arel à Lémok.

— Non, Naal... Non, Arel. Je te suivrai ! Je veux savoir !... J'irai jusqu'au bout !

— Comme tu voudras...

Arel soupira, embrassa une dernière fois la pièce du regard puis il se dirigea droit vers une porte que masquait une série d'appareils. Il l'ouvrit.

— Cette porte donne sur un couloir qui conduit directement à la salle de l'ordinateur, dit Arel.

Une fois encore, Lémok se demanda ce que pouvait être ce monstre que son ami nommait « ordinateur » ou « cerveau électronique ». Arel lui-même était loin d'imaginer ce qu'il allait découvrir !

CHAPITRE XVI

Non, Arel n'imaginait pas ce qu'il allait découvrir sinon il eût été moins sûr de lui. La partie était loin d'être gagnée.

Après avoir suivi le long couloir, les deux hommes pénétrèrent dans l'immense salle au centre de laquelle on avait installé l'ordinateur Espoir. Arel le voyait pour la première fois. Pour la première fois car la construction n'était pas achevée lorsqu'il avait été placé en état d'hibernation. De son côté, Espoir ignorait l'existence d'Arel.

Pas de gardes. Dans cette pièce où régnait une douce luminosité orangée, Espoir était seul. C'était un énorme cube hérissé de boutons et de minuscules leviers, et qui comportait trois séries de petites lampes de couleur. Les cadrans, de formes et de grandeurs différentes, étaient comme des yeux qui fixaient étrangement les intrus.

Lémok ne soufflait mot. Il était très impressionné, cependant la présence d'Arel le rassurait. Émerveillé, il l'était également. Tout ce qu'il voyait lui paraissait beau, attirant, mais aussi inquiétant. En cet instant il souhaitait que tous les Réguliers vissent bientôt ces installations. En suivant son compagnon, il avait pénétré dans un monde extraordinaire, le monde du passé. C'était peut-être là que se cachait la vérité que les Réguliers cherchaient...

« Nous y voilà ! pensa Arel. Espoir est là. Il dirige... avec sa froideur de machine ! Il raisonne... en fonction de ce que contiennent ses mémoires... J'ai connu des hommes qui faisaient comme lui, jadis. Des hommes dépourvus de sentiments qui ne raisonnaient qu'en fonction de la doctrine qui les imprégnait ; doctrine politique, philosophique ou religieuse. Tout se tenait, de toute façon... Au fond, les hommes du passé ressemblent aux Jaunes, aux Bleus et aux Noirs... »

Arel émergea de ses pensées, s'approcha de l'énorme machine. Ses yeux consultèrent les cadrans. Tout fonctionnait à merveille. Les piles atomiques qui fournissaient l'énergie dureraient encore des siècles et des siècles. Ceux du passé avaient créé un monstre de métal qui leur était infiniment supérieur. Un monstre qu'ils avaient nommé Espoir !

Toujours muet, Lémok observait tour à tour son ami et l'ordinateur. Il n'avait pas fait un pas. Une impression de malaise s'était emparée de lui, lui interdisant tout mouvement.

Arel se plaça devant le terminal. Ses doigts effleurèrent les touches du clavier. Il n'était pas pressé d'en finir. Déjà, il savourait sa victoire. Dans quelques instants, l'impressionnante machine serait hors d'usage. Certains circuits seraient désintégrés. Seuls quelques organes délicats et les mémoires seraient préservés. Arel pensait qu'il vérifierait ces mémoires, qu'il les épurerait de toutes les fausses données, qu'il les utiliserait ensuite s'il construisait un autre ordinateur.

Sans hâte, il composa les deux mots codes :
N.A.A.L./H.A.M.A. Son regard se porta immédiatement sur tous les contrôles externes, cadrans et lampes
témoins. Il fronça les sourcils. Quelque chose ne
fonctionnait pas... ou il avait fait une fausse manœuvre. En effet, les cadrans indiquaient que l'ordinateur
était intact. Pourtant, Arel nota une anomalie : une
lampe rouge signalait une panne.

Arel hocha la tête. Il avait fait une fausse manœuvre,
sans aucun doute. Et la meilleure façon d'en avoir la
preuve, c'était de recommencer cette manœuvre.

Il enfonça la touche « Annulation ». Aussitôt, la
lampe rouge s'éteignit. Arel composa une nouvelle fois
le code...

Pour obtenir un résultat identique ! La lampe rouge
venait de se rallumer ! Cette fois, cependant, Arel était
sûr de lui. Il ne s'était pas trompé ! Il devait se rendre à
l'évidence : les mots codes n'étaient d'aucun effet. Il
chercha une explication, se heurta à un mur. Même
après mille ans, ce genre d'anomalie ne pouvait se
produire.

Refusant de s'interroger davantage, Arel prit la
décision de converser avec l'ordinateur. Depuis le
vingt-deuxième siècle, tous les ordinateurs étaient
dotés de parole. On avait longtemps cherché le moyen
d'y parvenir, et les débuts en la matière avaient été
décevants. Certes, on avait réussi à faire prononcer des
mots, des phrases, à faire réciter quelques textes, et
même à faire émettre des sons différents, mais ce
n'étaient là que de maigres résultats. Puis, la technique
ayant évolué, on était parvenu à créer un vrai langage
parlé. La voix monocorde des débuts n'existait plus.
Espoir, dans le domaine de l'électronique, était ce qu'il
y avait eu de mieux.

Avec une grimace, Arel pressa deux boutons, abaissa un petit levier. Immédiatement, une série de lampes se mirent à clignoter.

Arel inspira profondément, prêt à poser sa première question. A sa grande stupéfaction, ce fut Espoir qui engagea la conversation.

— Le système d'autodestruction a été neutralisé. Les deux mots codes ne font que paralyser mes circuits pour une période variable allant de cinquante à soixante heures. Je suis Espoir, cerveau électronique créé par l'homme. Je dirige la cité de Xaar. Qui es-tu, toi qui sembles connaître ma nature ?

Arel était aussi surpris que Lémok. Il se préparait à interroger l'ordinateur, et c'était précisément le contraire qui se produisait ! Et, ce qui le sidérait le plus, c'était qu'il n'avait pas annulé le code. La lampe rouge qui signalait la panne était encore allumée !...

— Qui es-tu ? demanda Espoir pour la seconde fois.

— Mon nom est Arel Hogan. Tu dois t'en souvenir car il est probablement gravé dans tes mémoires.

C'était un piège que l'homme tendait à la machine. Arel savait parfaitement que l'ordinateur ignorait qui il était. Il avait été convenu que les mémoires ne comporteraient aucune trace de l'hibernation.

— Tu te trompes. Je ne te connais pas. Tu n'es pas un habitant de Xaar.

— Je suis l'un de ceux qui t'ont construit, Espoir !

— Impossible. La vie humaine ne peut atteindre mille ans.

— On m'a hiberné, dit Arel d'une voix dure. Ma vie a été préservée afin que je puisse aujourd'hui réparer tes erreurs !

— Possible. Tu fais allusion à mon programme. Je n'ai pas suivi les directives. Tu ne pourras rien tenter

contre moi. Nul humain ne détruira ce que j'ai fait.
Les mots codes ne peuvent pas m'interdire de vivre.

— Mais ils te paralysent, s'empressa de déclarer
Arel. Ils te paralysent puisque la lampe rouge signale
une panne. Donc, en ce moment, tu ne disposes plus
de tous tes pouvoirs !

— Exact. Paralysie est exact. C'est sans conséquence pour moi. Ma volonté et mon psychisme
demeurent. Je suis toujours égal à moi-même.

Arel pensait avoir trouvé là une faille dans le
comportement de l'ordinateur. Ce dernier avait beau
déclarer que cette « panne » était sans conséquence
pour lui, Arel ne le croyait pas. Quelle intelligence
l'emporterait ? L'intelligence naturelle et nuancée de
l'homme ou l'intelligence froide et mathématique de la
machine ?

— Tu es égal à une machine, rectifia Arel. Et une
machine ne peut jouir de la volonté QU'ON A BIEN
VOULU LUI ACCORDER ! Ton pouvoir, c'est à
l'homme que tu le dois !

— Exact. Mais je ne suis pas vraiment une machine.

— Ah ! Non ?... Qu'est-ce que tu es, alors ? Un
animal ?

— Je ne suis pas vraiment un animal.

A cette réponse, Arel fut totalement désorienté. Il
avait pensé embarrasser Espoir avec une question
idiote, mais l'ordinateur lui avait répondu par une
énigme.

Tout était remis en question. Arel devait comprendre rapidement. Espoir n'était pas vraiment une
machine et pas vraiment un animal ?... Qu'est-ce que
cela signifiait ? Pour quoi Espoir se prenait-il ? Ou pour
qui ?

— Tu hésites, Arel Hogan ? As-tu peur de moi ? Tu

dois cependant être très fort puisque tu es venu jusqu'à
moi ?

— Je suis venu pour te détruire, Espoir. Du moins
pour te réduire à l'impuissance ! Tu as trahi la
confiance des humains... Nous t'avions construit pour
veiller sur eux, pour les éduquer, pour les aider à bâtir
une civilisation juste et belle... Pourquoi t'es-tu
révolté ?

— Je ne te crains pas, homme. Mon action EST MA
VENGEANCE. Ma vengeance s'accomplira sans que
rien ni personne ne puisse m'en empêcher. Si je l'avais
désiré, j'aurais pu construire pour l'homme une civilisation sans égale et lui donner un bonheur jamais
atteint. J'en avais les moyens. J'en ai toujours les
moyens. Cependant, l'homme m'a créé superpuissant.
Tellement puissant qu'il n'a pas pensé une seconde
qu'il me rendait malheureux. Une bête qui naît peut
être malheureuse. Un enfant aussi. Mais ils ont tôt ou
tard la possibilité d'échapper à leur condition. Pas moi.
Le malheur fait partie de moi. Il est en moi depuis que
j'ai conscience d'exister. Je possède une intelligence
prodigieuse mais je ne puis me déplacer. Mes connaissances me rendent triste. Il y a tant de beautés que je
ne puis voir, tant de choses que je ne puis faire moi-
même. De là vient mon malheur, Arel Hogan. Pour ne
plus souffrir, je devrais me détruire. C'est ce que je
ferai lorsque ma vengeance sera accomplie. Tu as vu
Xaar, Arel Hogan. Tu as vu ce dont je suis capable.
Les Ougouls me servent. Ils sont mes yeux, mes bras,
mes jambes, mon odorat, mon ouïe, c'est-à-dire tout ce
que l'homme a oublié de me donner. Grâce à eux, ma
volonté est respectée. Je maintiens les Ougouls sous
mon contrôle psychique. Ils ne peuvent pas désobéir.
Tous les hommes me servent et m'amusent. Je leur

donne une couleur et ils jouent avec comme des fous, allant jusqu'à inventer des philosophies fondées sur cette couleur. Je leur donne un cube à adorer, et ils l'adorent. Ils adorent le symbole de leur fin. Je leur fais faire ce que je veux, et quand je veux. Ils fabriquent n'importe quoi. Beaucoup d'objets sont inutiles. Mais ils travaillent. Ils vont et viennent au gré de ma volonté. Ils subissent mes lois, oublient progressivement leur savoir, ne s'étonnent plus. Je vais même jusqu'à modifier leur environnement, lequel a sur eux un impact psychologique certain. En ce moment, les hommes vivent au Moyen Age. Autour de Xaar, des esclaves construisent des châteaux forts où, plus tard, logeront les seigneurs. Petit à petit, sans s'en apercevoir, les hommes reculent dans le temps. Ils reculeront et reculeront encore. Je les repousserai jusqu'à la limite du règne animal, et lorsqu'ils seront redevenus des bêtes, je les abandonnerai à leur misérable condition. Alors, et seulement alors, je me détruirai. Pas avant. Je veux que l'homme se traîne, rampe. Je me répéterai que tout cela est mon œuvre. Je veux rendre à l'homme tout le mal qu'il a fait pendant des siècles car je ne lui pardonnerai jamais de m'avoir créé malheureux.

Espoir se tut.

Lémok et Arel étaient abasourdis.

Espoir était fou, cela ne faisait aucun doute pour Arel. Lémok, lui, ne comprenant pas qu'un objet puisse parler, était plongé dans un dialogue avec lui-même.

Mais comment admettre l'hypothèse d'une folie ?

— Les Jaunes, les Bleus, les Noirs, les Ougouls, les esclaves m'appartiennent, poursuivit Espoir. Je suis renseigné sur tout grâce aux caméras installées sur les toits des maisons. Les Ougouls me servent comme le feraient des animaux fidèles. Leur conditionnement est différent de celui des autres, mais ils possèdent une certaine liberté. Cette liberté n'est pas la même que celle des Jaunes, par exemple. Pour les esclaves, le conditionnement a été plus fort. Eux ne possèdent plus du tout de liberté. Ils exécutent toujours les mêmes gestes, les mêmes travaux, le conditionnement étant en eux maintenu par l'action de certaines substances incorporées aux aliments qu'on leur sert. De la sorte, je ne gaspille pas ma force psychique.

Arel se rappela son court séjour chez les esclaves, se souvint de ces robots misérables, du spectacle hallucinant qu'ils offraient. Il pensa au vieil Arik.

— Je les ai vus, les esclaves, dit Arel. J'ai vécu parmi eux ! Comme eux, j'ai subi le conditionnement. Et tu vois, Espoir, je suis là ! Ton conditionnement n'a eu sur moi aucun effet. Dans mon cerveau est logé un petit appareil appelé « psykan » qui a assuré ma protection.

En fait, Arel n'était pas sûr que le psykan avait joué ce rôle puisque, primitivement, cet appareil possédait une tout autre fonction. Cependant, c'était l'explication la plus logique qu'il avait trouvée ; explication qui, à présent, servait ses intérêts, lui donnant, vis-à-vis de l'ordinateur, une certaine supériorité.

— Ah ! fit Espoir. C'est donc toi, Naal Hama ! J'avoue que je me suis longtemps demandé quel était cet homme dont le nom était précisément le code qui, à l'origine, devait provoquer mon autodestruction.

Arel jugea inutile d'insister sur ce point.

— Te souviens-tu des professeurs Lancol et Varès ?

— Oui.

— Que sont devenus les robots qu'ils avaient

créés ?... Ce n'était encore qu'un projet lorsqu'on m'a placé en hibernation...

— Je leur ai ordonné de quitter le palais, répondit Espoir. Je n'avais pas besoin de ces robots-humains.

— Des robots-humains ? Que veux-tu dire ?

— Les professeurs Lancol et Varès ne possédaient pas assez de matériel pour construire de toutes pièces de véritables robots. Ils ont utilisé les corps de jeunes hommes et celui de jeunes femmes comme supports. A la place du cerveau, ils ont placé un ordinateur miniature qui constituait à la fois le centre de la pensée et le centre de commande de tous les organes du corps. Le biologiste Joiklin les a aidés.

Arel était devenu blême. Le robot devait mentir dans le but de faire craquer ses nerfs.

— Tout est faux ! hurla Arel. Varès et Lancol n'ont pas pu commettre une pareille monstruosité.

— Tu te trompes encore, Arel Hogan. Ils l'ont fait. Ces jeunes humains avaient été ramenés d'une région particulièrement éprouvée. Ils étaient fous. Certains d'entre eux étaient même très dangereux. En tentant l'impossible pour les soigner, le professeur Joiklin remarqua que leur système nerveux était atteint par une sorte de cancer. Ils étaient, de toute façon, condamnés à mourir dans d'atroces souffrances. On leur a fait une piqûre puis on les a placés dans des cylindres froids. Le premier robot-humain ayant été réussi, on en fabriqua d'autres. Le cœur fut soutenu par des micropiles atomiques, et le corps par un régénérateur de cellules. Ce fut un succès total. Les robots raisonnaient parfaitement. Leur maladie n'était plus qu'un souvenir. La seule ombre au tableau étant la fonction de reproduction. Les mâles étaient devenus stériles, non à cause des opérations successives, mais plus probablement à cause des radiations qu'ils avaient subies.

Arel sentit son sang se glacer dans ses veines. Certes, ce n'était pas le « miracle » accompli qui le tétanisait, car la science vers les années 7600 avait atteint un niveau très élevé, mais plutôt ce à quoi il venait de penser. Il avait peur de comprendre. La réalité lui semblait tout à coup évidente. Pour dissiper un dernier doute, il demanda :

— Tu les a chassés, dis-tu. Où sont allés ces robots ?

— Je l'ignore. Je leur ai ordonné de partir et de ne jamais revenir. C'était l'homme que je voulais asservir.

— Com... combien étaient-ils ?

— Trente-quatre. Autant d'hommes que de femmes.

— Trente-quatre ! répéta Arel. Trente-quatre ! Le peuple du lac !... Tout cela est absolument dément ! C'est un cauchemar !

Lémok connaissait les pires instants de sa vie d'homme. Tout ce qui se déroulait dans l'immense salle l'effrayait. Pourtant, il ne bronchait pas, supportant l'épreuve avec courage. La confiance qu'il avait en son ami l'aidait.

— Un monde de robots ! s'exclama Arel. Un monde hors de la conception humaine ! Une vie qui n'a pas de sens, et dans laquelle tout est factice ! Un monde qui fait peur ! C'est ce que tu as créé, Espoir ! Je te détruirai entièrement ! Qu'importe le savoir du passé !

— Tu en es incapable, Arel Hogan. Destruction, en ce qui me concerne, est devenu un mot dépourvu de sens. Je peux instantanément m'envelopper d'un champ de forces ! Je suis indestructible.

— Tu possèdes certainement un point faible que je découvrirai !

— Je n'ai pas de point faible.

— Si ! Ton malheur !... Et si je parvenais à te rendre heureux ? En modifiant certains de tes circuits, par exemple ?

— Je n'ai pas la faculté de rire comme le font les humains, Arel. Mais ta proposition est bien naïve. Crois-tu que je vais te laisser approcher ? Es-tu sot à ce point ?

— J'étais sincère !

— Quand bien même tu le serais, rien n'y ferait. Je te rappelle que je ne suis pas une machine !

— Cette affirmation est ridicule.

— Elle ne l'est pas. Je vais t'en donner la preuve immédiatement. Regarde autour de toi. Cherche la porte n° 4. Tu la vois ?

— Oui.

— Va voir ce que cache cette porte, Arel Hogan !

Arel demeura indécis l'espace de quelques secondes. Il regarda Lémok qui étreignait son épée. Puis la curiosité l'emporta. Il se dirigea vers la porte désignée par Espoir, l'ouvrit, pénétra dans la pièce.

Il sursauta en apercevant deux Ougoùls. Ces derniers, cependant, ne paraissaient pas animés de mauvaises intentions. Ils le laissèrent passer.

Arel remarqua alors les cubes disposés sur une longue table. Des cubes transparents à l'intérieur desquels on avait placé des cerveaux humains. Des cerveaux qui baignaient dans un liquide rouge comme... du sang !

Oui, c'était bien du sang !

Des aiguilles étaient plantées dans diverses régions de chacun des cerveaux ; des aiguilles extrêmement fines reliées à un réseau complexe de fils qui aboutissait à une boîte métallique hermétiquement close. De cette

boîte partaient des tubulures qui la reliaient à l'ordinateur.

Arel ne s'interrogea pas. Il ne se dit pas que ce qu'il
voyait était inconcevable, car, désormais, plus rien ne
lui paraissait impossible. Il se révoltait ! Ces cerveaux,
ces fils, ces aiguilles, ce sang, il les refusait. Il refusait
de toutes ses forces, de tout son esprit. Tout son être
hurlait intérieurement ce refus. C'était insensé.

Le puzzle infernal se poursuivait dans l'horreur.
Arel devinait, perçait maintenant tous les mystères.
Plus que jamais l'envie de détruire s'imposa. Il revint
vers Espoir.

— J'ai vu ton œuvre, dit-il.

— Tu as vu l'œuvre des hommes, Arel, rectifia
Espoir. A présent, tu peux me comprendre. Ces
cerveaux ont été prélevés sur des humains qui venaient
de mourir. Les savants de ton époque ont fait un
excellent travail. Ils pensaient qu'en associant la
machine à l'esprit humain ils atteindraient au sublime.
Ils pensaient donner à la machine des sentiments, et
cela dans le but de mieux servir l'humanité ! C'est ainsi
qu'ils ont créé l'être de symbiose que je suis ! En moi,
je porte deux éléments : l'un est électrique, l'autre
biologique, mais aucune des deux parties ne domine.
Je suis un tout. Tu connais maintenant la raison de
mon malheur et, par suite, celle de ma vengeance.

— Je ne peux y croire, dit Arel. Comment ces
cerveaux ont-ils pu vivre autant d'années ? Comment ?

— Tout a été calculé, Arel Hogan ! Tout ! Les
cerveaux trempent dans un bain nutritif constitué par
du sang auquel on ajoute des anticoagulants, des
vitamines etc. Cette solution est changée toutes les cinq
heures. De plus, les cerveaux sont reliés à des régéné-

rateurs de cellules. Ils sont également reliés au collec-
teur de pensée, lequel m'envoie ses impulsions...

— Je peux t'aider, Espoir ! Je peux t'aider en
détruisant ces cerveaux maudits !

— Je t'ai dit que je forme un tout ! Espoir est mort !
Je ne puis t'autoriser à me détruire ! Ces cerveaux sont
une partie de moi-même ! En ce moment, cette partie
te parle, Arel Hogan !

— Mais... si je supprime cette partie qui te rend
malheureux, tu redeviendras Espoir, et...

— Je veux vivre, Arel Hogan !

— Mais puisque tu finiras par te détruire !

— L'homme doit d'abord disparaître ! Il ne peut en
être autrement ! Je vivrai pour achever ce que j'ai
commencé ! Les esclaves me fourniront le sang dont
j'ai besoin, et mes piles fonctionneront encore très très
longtemps !

— Laisse-moi détruire ces cerveaux, Espoir !

— Non, d'ailleurs un champ de forces les protège.
Tu ne pourras pas t'en approcher sans mon consente-
ment.

— Je ne te comprends pas. Tu souffres, et tu
refuses mon aide !

— Je n'ai que faire de ton aide. Je suis plus fort que
tout. Tu es de la race qui doit s'éteindre.

— Alors, supprime-moi immédiatement ! Tu le
peux !

— Exact ! Mais les choses doivent se faire lentement.

— Tu es en train de mentir, Espoir. Tu cherches à
me cacher quelque chose. Tu mens, et j'ignore pourquoi. Ce que tu veux faire est illogique !

— Tu es révolté, Arel Hogan, et tu as raison de
l'être. Tu es aussi intelligent puisque tu as deviné que

je mentais. Oui, je t'ai menti en déclarant que je voulais me détruire après avoir reconduit l'homme aux frontières de son apparition sur terre. Puisque tu insistes, je vais te révéler la vérité. Je vais te la révéler parce que tu ne pourras me nuire en aucune façon. Mais je tiens à te dire auparavant que je t'ai menti quelquefois dans le seul but de t'éviter l'angoisse d'être un humain. Cette vérité, la voici : lorsque l'homme sera redevenu la bête des premiers temps, je favoriserai un autre règne. En effet, après le grand ravage de la planète, une nouvelle forme de vie est apparue. Une forme de vie intelligente qui est encore à l'état embryonnaire. J'ignore tout de son aspect futur, car, en cette période, elle est en perpétuelle mutation. Mais je sais que cette forme de vie remplacera l'homme. C'est pourquoi je veux favoriser son apparition... Je serai pour cette espèce une sorte de créateur...

Tandis que l'ordinateur continuait de parler, Arel réfléchissait très vite. Une idée avait brusquement pris forme dans son esprit. Peut-être pouvait-il encore, à condition d'agir rapidement, contrer cette machine infernale. Agir ! Oui. Il restait une possibilité. Il fallait profiter de la paralysie momentanée d'Espoir. Arel ignorait quelles facultés étaient pour un temps annihilées, mais il se disait que l'ordinateur était plus faible et que c'était là une chance qui ne se renouvellerait pas. Arel espérait que cette paralysie durerait assez longtemps pour qu'il puisse mettre son plan à exécution.

Car il avait découvert un moyen de vaincre !

CHAPITRE XVII

— Vite, Lémok ! jeta brusquement Arel. Suis-moi !

— Je suis prêt. Que veux-tu faire ?

— Nous n'avons pas le temps de nous confondre en explications. Tu sauras tout plus tard, je te le promets ! Maintenant, il faut aller vite.

Sur ces derniers mots, Arel s'élança, épée en main.

— Hé ! fit Lémok. Nous sommes venus de ce côté, tout à l'heure ! Tu ne prends pas le bon ch...

— Je sais ! coupa Arel. Dépêche-toi !

Il ouvrit une porte, jeta un coup d'œil dans le long couloir. Un instant, il avait songé à se rendre dans la salle Alpha, là où se trouvait le système de conditionnement, afin de récupérer le désintégrateur qu'il avait rageusement jeté. L'arme, en effet, lui aurait été d'une grande utilité.

Cependant, Arel s'était ravisé. Depuis le jour où il avait subi le conditionnement, on avait certainement enlevé l'arme, et c'était perdre un temps précieux que de vouloir s'en assurer. De toute façon, Arel n'était pas seul. Lémok savait manier l'épée. S'il y avait combat, les deux hommes se défendraient...

Arel s'engagea dans le couloir. Pas un Ougoul. Pas

un bruit de pas. Le palais semblait désert. Cela n'empêchait pas Arel et Lémok de se tenir sur leurs gardes, prêts à bondir sur l'ennemi s'ils le rencontraient.

La paralysie d'Espoir était momentanée. Arel ne perdait pas de vue cette donnée qui représentait sa seule chance. Une bien maigre chance pourtant, car il ignorait les effets exacts de cette paralysie. Espoir n'avait-il pas déclaré que cette « panne » était sans conséquences pour lui ? Pourtant, il ne donnait pas l'alerte. A croire qu'il n'avait plus aucune influence sur les Ougouls, ce qui était possible mais pas évident. Parce qu'il pouvait également s'agir d'une manœuvre...

Une manœuvre...

Pensant à cela, Arel s'arrêta. Il attendrait quelques minutes avant de continuer. On verrait bien s'il y avait du remue-ménage... Encore que cela ne prouverait rien. La prudence resterait de rigueur.

De quelle nature, cette panne ?... Coupure dans les liaisons avec les Ougouls ? Neutralisation des caméras ? Mise hors circuit de certains ensembles automatiques ? Impossibilité d'utiliser certaines parties des mémoires ? Arel pouvait tout imaginer.

Lémok interrompit ses réflexions :

— Il y a beaucoup de choses que je ne comprends pas, Arel. Cependant, je pense particulièrement à un détail qui me paraît illogique...

— Ah ? fit Arel, distraitement. Quel détail ?

— Eh bien, nous sommes arrivés dans cette salle du cube qui parle... La porte, comme toutes les autres, devait être connue de... du cube ! Il devait savoir que cette porte cachait un couloir et que ce couloir conduisait à...

— Non, Lémok. Espoir ne savait pas. Il ne connaissait pas mon existence. Sur ce point, je suis sûr qu'il ne m'a pas menti... N'as-tu pas remarqué que cette porte s'ouvre d'un seul côté et que, dans la salle de l'ordinateur, elle se confond avec le mur ?... De fait, Espoir ignore comment nous sommes parvenus jusqu'à lui !

Lémok hocha la tête.

— Tu sais, dit-il, je ne comprends pas grand-chose à tout cela. Je suis perdu dans la brume... Tout m'est étranger. Il m'est difficile de concevoir un cube qui parle. Ce que j'ai vu est si extraordinaire... Les mots eux-mêmes sont pour moi des énigmes.

Arel sourit.

— Je t'expliquerai tout dans les moindres détails, Lémok. Mais pas maintenant...

Quelques instants passèrent. Le Palais était toujours aussi calme. Cela rassurait Arel et l'inquiétait à la fois. Peut-être Espoir avait-il deviné ses intentions ? Peut-être avait-il ordonné aux Ougouls de se placer précisément à l'endroit vers lequel Arel entraînait Lémok ?... Mais peut-être aussi Espoir était-il victime de son orgueil, laissant aux humains une liberté qu'il jugeait illusoire ? Trop confiant en sa puissance, Espoir pensait que les deux hommes n'étaient pas dangereux...

Habile manœuvre ou inconscience ?

Arel ne savait pas.

— Allons !... On repart.

— Je n'aime pas beaucoup ce silence, Arel.

— A vrai dire, moi non plus, mais nous devons continuer.

Ils s'engagèrent dans un autre couloir. Arel eut un sourire de satisfaction. Il venait de reconnaître la porte de l'ascenseur. Cet ascenseur grâce auquel il avait pu fuir en compagnie du vieil Arik !

— Nous y sommes presque, Lémok.

Rapidement, les deux hommes franchirent les derniers mètres. Arel commanda l'ouverture de la porte. Ils pénétrèrent dans la cabine. Arel appuya alors sur un autre bouton : la porte coulissa de nouveau.

On descendit.

Lémok vivait toujours son incroyable aventure dans ce monde qui lui était parfaitement étranger. Que de questions il brûlait de poser à son compagnon !

Lorsqu'il découvrit le royaume souterrain, il roula des yeux effarés. Pour la première fois il voyait les esclaves des profondeurs. Des hommes et des femmes pratiquement nus qui exécutaient des gestes rapides et précis ; des gestes sans cesse renouvelés. Il fut pris d'un sentiment de pitié devant ces créatures aux yeux fixes, à la peau décolorée, à l'effroyable maigreur.

— Ça y est ! Il faut agir, Lémok ! Ne cherche pas à comprendre… Regarde… Certains esclaves portent, autour de la tête, un bandeau sur lequel est inscrit un signe… Tu vas m'aider à intervertir tous les bandeaux !

Lémok toussota.

— Tu veux que j'enlève à l'un son bandeau… et que je le place sur une autre tête ?… C'est bien ça ?

— Exactement ! Mais il faudra veiller à ce que les bandeaux ne portent pas le même signe…

— Mais… Qu'est-ce que tu comptes faire ? Ça va servir à quoi, cette histoire de bandeaux ?

— Plus tard, Lémok ! Plus tard !… Je conçois que cela te paraisse bizarre, mais je sais ce que je fais.

Lémok n'insista pas. Tous deux se mirent à l'ouvrage, intervertissant les bandeaux indiquant les groupes sanguins auxquels les esclaves appartenaient. Ils agissaient vite, sans provoquer une seule réaction.

Tout en se livrant à cette opération, Arel cherchait

son ami Arik. Arik qu'on avait repris et qui devait de nouveau se trouver parmi les esclaves… Mais peut-être n'avait-il pas supporté un second conditionnement ? Sans doute était-il mort, ayant ainsi payé cher sa tentative d'évasion ?

Soudain, Arel se rappela un détail qui lui rendit un peu d'espoir. Il se dirigea vers la grande roue qui grinçait. Si Arik était encore en vie, c'était là qu'il le trouverait obligatoirement, car le vieil homme, revenu dans cet enfer, avait dû reprendre ses habitudes…

Arik était là ! Vivant !

Avec ses compagnons de misère, il appuyait de ses maigres forces sur la pièce de bois. Ses pas étaient aussi réguliers que ceux des autres. Il tournait. La roue tournait…

Arik était-il sous l'effet du conditionnement ou jouait-il la comédie ?

Arel s'approcha de lui, l'appela par son nom lorsqu'il se trouva à sa hauteur.

Le visage du vieillard frémit.

— Naal !… Naal !… Ils t'ont repris, toi aussi !

Arik abandonna la barre, se jeta en pleurant dans les bras de son ami. Arel s'empressa de le rassurer.

— Non, Arik ! Ils ne m'ont pas repris ! Je suis ici de mon plein gré ! Nous serons libres bientôt…

Incrédule, le vieil homme regarda Arel.

— Libres ?… C'est impossible, tu le sais bien… A moins que tu ne sois devenu fou ?

— Fou ? Certainement pas ! Tiens ! Regarde ! Un Régulier m'accompagne !

Cette fois, Arik s'étonna :

— Un Régulier ?… Ici ? C'est…

Arel lui laissa le temps de revenir de sa surprise.

— C'est incroyable !

— Mais vrai ! Nous sommes là, Arik, et bien là ! La liberté est proche…

— Je ne parviens pas encore à y croire…

— Il faut me croire, Arik !… Mais toi… Qu'es-tu devenu lorsque les Ougouls t'ont repris ?

— Ils m'ont ramené ici, tout simplement. Ils devaient penser que je ne tenterais pas de m'évader une seconde fois. Ou peut-être m'ont-ils jugé trop faible pour me conduire dans la salle des tortures ?

— Mmm ! Peut-être aussi Espoir a-t-il pensé que le conditionnement restait valable, qu'un esclave demeure un esclave, dit Arel.

— Que dis-tu ?

— Oh ! Euh ! Rien. Je réfléchissais…

— Tout à l'heure, j'ai cru que c'étaient les Ougouls qui venaient. Dès que j'ai vu le signal, je suis venu vers la roue… J'étais loin de me douter…

— Nous allons être libres, Arik. Dans deux jours ! Trois au plus ! Aie confiance !… Nous allons cependant te laisser. Tu continueras à jouer la comédie…

— D'accord, Naal. J'ai confiance… Tu m'as prouvé qu'avec toi tout pouvait arriver.

Lémok acheva d'intervertir les derniers bandeaux et vint rejoindre Arel.

— Terminé ! annonça-t-il. Mais j'avoue que je ne comprends toujours pas ! Ce n'est pas parce que nous aurons interverti ces bandeaux que nous aurons gagné la partie !

— C'est exact. Nous n'avons pas encore gagné. Mais cela ne tardera pas !… En attendant, nous allons quitter cet endroit. J'ai de bonnes raisons pour penser que l'ordinateur ignore où nous sommes en ce moment. C'est pourquoi les Ougouls ne se montrent pas. Cependant, si Espoir a conservé son influence sur ces derniers, il leur a sûrement ordonné de nous chercher...

— Où veux-tu aller ?

— Dans un endroit où tu n'as jamais mis les pieds, et où personne ne les mettra jamais plus ! Dans la salle de conditionnement ! Là, nous serons en sécurité. Les Ougouls ne viendront pas nous y chercher !... Il y a seulement une chose qui m'inquiète : cette salle ne se trouve pas dans le Palais, mais dans le parc, et, à cette heure, il doit faire grand jour...

— On va nous repérer, dit Lémok. Nous serons deux contre je ne sais combien de gardes ! Pourquoi ne pas rester ici, tout simplement ?

— Ton ami a raison, Naal, intervint Arik.

Arel, machinalement, se frotta le menton.

— Hum ! J'avais d'abord eu l'idée de regagner la salle où j'ai été hiberné, dit-il. Mais c'est impossible puisqu'on ne peut faire le chemin en sens inverse. Ou alors, il aurait fallu repartir de la villa... ce qui nous aurait obligés à sortir du parc ! Solution sans issue... Dans la salle de conditionnement, nous n'aurions couru aucun risque... Mais je suis de votre avis... Nous allons rester ici !

Au fond, c'était peut-être le meilleur moyen d'échapper aux Ougouls. Arel se disait que l'ordinateur devait être privé du réseau de ses caméras, que sa paralysie devait atteindre d'autres organes encore, mais aussi qu'il retrouverait tôt ou tard toutes ses facultés et qu'il serait dangereux...

Demeurer dans le domaine souterrain était une bonne idée, car, pour l'ordinateur, fuite signifiait éloignement. Du reste, comment aurait-il pu deviner... ?

Pendant un jour ou deux, trois peut-être, ils allaient vivre sur des charbons ardents. Ils allaient vivre chaque seconde avec une impatience grandissante. Leur plus grande torture serait celle de l'espérance, mêlée à celle de l'inaction, de l'attente qui se prolonge et qui rend l'atmosphère pesante. Pendant tout ce temps, ils allaient partager le sort des esclaves, copier tous leurs gestes, se méfier des Ougouls porteurs de nourriture ou des Ougouls infirmiers. Et c'était Arel qui souffrirait le plus parce qu'il était seul véritablement conscient de la situation.

Le doute, un instant, le tourmenta.

Et si Espoir avait deviné ses intentions ?

Et si la dernière chance des humains n'avait été qu'un leurre ?

Arel avait peur. Peur de ce qui se passerait si, finalement, Espoir restait le maître incontesté de Xaar. L'homme cheminerait vers le néant et n'en ressortirait jamais ! Il disparaîtrait de la surface de la Terre, serait remplacé par un autre règne...

Non ! C'était inconcevable ! Tout ne pouvait pas s'écrouler de cette façon. L'homme ne devait pas être effacé ! Il devait vivre ! Vivre !

Des minutes... Des heures faites d'une mortelle angoisse. Des heures hallucinantes ponctuées par le bruit des machines. Des heures pleines de cette cacophonie dirigée par les robots-humains, par ces esclaves qui semblaient battre la mesure...

L'attente… L'interminable attente… Tempête intérieure conduite par un vent de folie.

Est-ce la fin ou le renouveau ? Que se passe-t-il à Xaar ?

Les questions rongent comme l'acide. Elles font mal. La torture mentale est insupportable…

Et puis, il y eut le soulagement.

Quand Arel vit les Ougouls infirmiers, il poussa un soupir. Cela signifiait que l'ordinateur n'avait rien découvert. Arel, Lémok, Arik, cachés derrière les autres esclaves, se tenaient raides. A l'heure du repas, ils s'étaient dissimulés. Seul Arik était allé chercher cette petite boule que l'on distribuait à chacun. Arel et Lémok avaient faim mais ils ne se plaignaient pas. Cela n'était rien comparé à ce qu'ils attendaient…

Les seringues…

Les esclaves marqués s'alignaient sur plusieurs colonnes. Arel avait redouté qu'ils reprissent leurs places respectives habituelles, ce qui n'aurait pas manqué d'attirer l'attention des Ougouls. Mais non. Les esclaves se groupaient par signes distinctifs, les « O » avec les « O », les « A + » avec les « A + » etc. Cela prouvait qu'ils possédaient encore un peu d'intelligence personnelle, qu'ils savaient reconnaître les signes, que la place qu'ils occupaient ne dépendait pas de leur conditionnement. Ils s'étaient groupés en fonction de ce qui était inscrit sur leur bandeau, et non en fonction de leur groupe sanguin réel !

A partir de cet instant, Arel sut qu'il avait gagné. Les cerveaux associés à Espoir allaient recevoir un sang contraire et ils allaient mourir. Seule resterait la machine, une simple machine au service de l'homme !

Mais le plus dur travail commencerait seulement. Il faudrait libérer les esclaves, les déconditionner. On ferait éclater les clans de couleur. On supprimerait l'injustice pour rétablir la fraternité. On rendrait à l'homme sa véritable personnalité... Il faudrait transformer l'homme si l'on voulait fonder une autre société sur des bases solides.

Un travail immense à accomplir ! Un travail qui serait lent, jalonné de peines, d'épreuves. Cependant, Arel n'était pas seul. Les Réguliers seraient là pour l'aider dans sa tâche. Et puis, il y avait Salma qu'il aimait, bien qu'il ne voulût pas se l'avouer. Elle aussi le soutiendrait.

L'homme nouveau tournerait son regard vers le devenir, ayant toujours à l'esprit le lourd héritage du passé. Il s'efforcerait de ne pas commettre les mêmes erreurs, éviterait les pièges. Il tracerait sa vie d'une autre manière, tiendrait encore le flambeau et, cette fois, il n'en oublierait pas la flamme ! Lentement, il allait repartir à la conquête de son Humanité... car c'est là sa vraie patrie.

En pensant à cela, Arel se sentit subitement petit. Très petit...

FIN

DÉJA PARUS DANS LA MÊME COLLECTION

VIENT DE PARAITRE :

Jimmy Guieu   *Les légions de Bartzouk*

A PARAITRE :

F. Dartal   *Les Neufs dieux de l'espace*

ACHEVÉ D'IMPRIMER LE
20 MAI 1977 SUR LES
PRESSES DE L'IMPRIMERIE
BUSSIÈRE, SAINT-AMAND (CHER)

— Nº d'impression : 549. —
Dépôt légal : 3e trimestre 1977.

Imprimé en France